神かくし

ゆめ姫事件帖

和田はつ子

時代小説文庫

角川春樹事務所

目次

第一話　ゆめ姫が悪を裁く

一

将軍家息女ゆめ姫《ひめ》は、側用人《そばようにん》池本方忠《いけもとまさただ》の屋敷に居候の身分で起居している。

ある夜、姫は亡き生母《はは》お菊《きく》の方の夢を見た。

肩から背までを大きく斜めに紫色の匹田《ひった》絞《しぼ》りが横切り、その中に大輪の白菊黄菊が咲いている。

この打ち掛けは、姫が物心つくかつかぬうちに、病で亡くなった亡き生母、お菊の方のものであった。

〝生母上様？〟

ゆめ姫が呟《つぶや》くと生母と思われる女人は振り返った。

驚くほど自分と面立ちがよく似ている。

やはり生母に間違いなかった。

夢の中で生母に会うのは三度目になる。

生母お菊の方は、じっとゆめ姫を見つめると、何も言わず、ただただ首を横に振り続けた。

その表情は暗い悲しみに包まれている。

〝生母上様、なぜ、そのようなお顔をなさるのですか。何をおっしゃりたいのです？〟

そうはっきり言葉に出したところで、夢から醒《さ》めていた。

すでに夜が明けかけていて、あたりは暗がりが薄くなってきている。

蒲団の上に起きあがったゆめ姫は、自分が白無垢《しろむく》の花嫁姿であることに気づいて、

――あら、これはまだ夢の中なのだわ――

呟くと今度は正真正銘の朝の光の中に居た。

「ゆめ殿、いかがされました」

襖《ふすま》を開けて入ってきたのは亀乃《かめの》であった。

「大きな声を出しておられたので案じたのです」

亀乃は甲斐甲斐《かいがい》しく、額に吹き出ていたゆめ姫の汗を手拭《てぬぐ》いで拭《ふ》いた。

「どこか、お具合でも？」

首を振ったゆめ姫は、

「小さい時に亡くなった生母上の夢を見ていました。とても悲しげなお顔でした。わたくしは白無垢の花嫁姿で何が何やら――」

「ゆめ殿にはどなたか、許婚《いいなずけ》の方でもいらっしゃるのですか？」

「いいえ」

あわてて首を横に振ったゆめ姫だったが、実は十歳の時、御三卿《ごさんきょう》の一つ一橋《ひとつばし》家の慶斉《よしなり》、十七歳と婚約している。

亀乃はゆめ姫が予知夢や正夢を見ることこそ知ってはいたが、将軍家の息女であるなどとは露ほども知らない。

――生母上様はわらわが慶斉様と結ばれることに反対されておられるのだろうか――

不安を募らせていると、その夜もゆめ姫は夢を見た。

見えているのは若い男の横顔である。切れ長の目が涼しく鼻筋が通っている。

端正な男前だが氷のような冷たさが伝わってくる。

おまけに全身血まみれであった。井桁《いげた》に下がり藤の紋所まで血に染まっていた。

朝、起きたゆめ姫に亀乃は、

「昨夜はよくやすまれましたか」

案じて訊《き》いてきたが、

「ええ」

笑顔を見せて応《こた》えただけで、姫はこの話をしなかった。

――これ以上、叔母上様を案じさせては申し訳ない――

この日の夜もまた、夢が続いた。

信二郎《しんじろう》の役宅である。

ゆめ姫は雪の上に座っている信二郎に話しかけた。

〝寒くはありませんか〟

〝寒いからよいのだよ。寒いと緊張であなたのような力が授かるかもしれない〟

〝まあ、どうして、そんな力をお望みなのでしょう？〟

信二郎はゆめ姫の力を認めてくれてはいたが、自分もその手の力が欲しいなどとは洩《も》らしていなかった。

〝ちょっとここへ座ってください〟

言われてゆめ姫は信二郎の隣りに座った。

そのとたん、雪の冷たさが身体《からだ》に沁《し》みて、突然見えている世界が暗闇《くらやみ》に変わった。

――またしても、夢の中の夢だわ――

冷たい暗闇の中に白無垢姿の自分がいる。

泣きながら果てしなく続く暗闇の中を彷徨《さまよ》い続けていた。

見えるものはただただ闇だけである。

まるで死の世界のように――。

〝助けて〟

大声を出したとたん、やっと我に返った。

枕元《まくらもと》に沈痛な面持ちで亀乃が座っている。

「あなたの悲鳴で目が醒めました。あなたならではの夢を見て苦しんでおられたのね」

ゆめ姫が黙って頷《うなず》くと、

「夜が明けたら、すぐに信二郎に来てもらいます。あなたの夢はただの夢ではない、必ず本当に起きていることに関《かか》わっているはずなのですから――。あなたが、困ったり迷われたりしている方々をお助けなさるのを、わたくしたちは支えなければなりません」

亀乃は覚悟のほどを示した。

それから、またうとうとしてきた。

ぽっかりと空いた黒い穴の中に、一体の骸骨《がいこつ》がある。

そばに懐剣が落ちていて女の啜《すす》り泣く声が聞こえた。

無念の恨み声のようにも聞こえる。

――わらわの骸《むくろ》なのだろうか――

ゆめ姫はこれでやっと、生母のお菊の方が悲しそうで、自分が泣きながら暗闇を彷徨っていた理由がわかった。

――わらわは嫁した後、乱心した夫に斬《き》り殺される運命？　けれども、あの血まみれだったお方は慶斉様ではなかった。もしや、輿入《こしい》れの日に何者かに襲われて殺されるの？

――

夢の中のゆめ姫はぞっと総毛立つのを感じた。

念のため、懐剣に刻まれた紋所を検《あらた》める。

——井桁に下がり藤で一橋家の三つ葉葵《あおい》ではない。ということは、この骸骨はわらわではないのかもしれない——

ひとまず、ほっと胸を撫《な》で下ろしたものの、

——だとしたら、なぜ、わらわは夢で花嫁姿になって、悲しそうな生母上様に会ったり、暗闇を彷徨ったりするのかしら——

翌日の朝、ゆめ姫はげんなりとした顔で朝餉《あさげ》の膳《ぜん》に座った。

少しも食欲が湧《わ》かず、

「失礼いたします」

自分の部屋へ戻って横になっていると、亀乃が鰹《かつお》の削り節と梅干を入れた握り飯と、小松菜の味噌汁《みそしる》を運んできた。

「食べないと身体に障りますよ」

握り飯を手にしたゆめ姫が、ゆっくりと時間をかけて握り飯を一つ何とか食べ終えた時、信二郎が訪れた。

「あなたが案じられるほど不調だと母上が報《しら》せてきました。理由《わけ》はわかっています。夢でよく眠れなかったからでしょう?」

「ええ」

「見た夢の話をしてください」

ゆめ姫は骸骨が啜り泣く夢の話をした。

「それであなたはその骸骨が自分の行く末だと思ったのですね」

「そうです」

「ふーむ」

しばし信二郎は考えこんでしまった。

「忘れておりました。わたくし、骸骨と一緒に懐剣に刻まれた家紋を見ました」

「どんなものでしたか？」

信二郎は身を乗り出した。

「井桁に下がり藤です」

「何と井桁に下がり藤――」

この時、信二郎の顔がさっと青ざめ、ゆめ姫はとっくに桜も散った卯月《うづき》だというのに、頬《ほお》に雪の冷たさを感じた。

そのとたん、昨日と同じように、視界が暗く閉ざされた。

花嫁姿の自分のそばに生母のお菊の方が居た。

〝生母上、わらわにどうせよとおっしゃるのですか〟

生母の姿が花嫁姿に変わった。

生母と二人白無垢姿で並んでいる。

〝生母上、これはいったい何なのでございますか〟

さめざめと泣きはじめた生母の顔は、すでに、姫によく似た生母のものではなかった。

見知らぬ若い女が泣いている。

〝どうされました〟

声をかけると、みるみる相手の白無垢が血の色に染まっていく。

女の顔は苦悶《くもん》に歪《ゆが》んでいる。

ゆめ姫の息まで苦しくなっていた。

〝どうして――〟

駆け寄ろうとしたゆめ姫に、その女は胸元から、井桁に下がり藤の家紋が入った懐剣を取り出し、

〝これを。わたくしは冷酷な夫に殺されたのです。どうか、わたくしの恨みを晴らしてくださいませ〟

差し出すと崩れ落ちるように倒れて、みるみるうちに骸骨になった。

渡された懐剣をしっかりと握りしめたゆめ姫は、

〝わかりました〟

骸骨に向かって約束した。

白昼夢から醒めたゆめ姫は、青ざめていた顔色が真っ赤に変わって、憤怒の面持ちでいる信二郎にこの夢の一部始終を話した。

二

「これが何よりの証《あかし》です」

ゆめ姫は女から受け取ったはずの懐剣を探した。たしか帯に差したのだったが見当たらない。

「それはあり得ないでしょう」

信二郎に指摘された。

「だって、あなたが受け取ったのは夢の中でのことなのですから。懐剣はまだ骸と一緒に土の中にあるはずですよ」

「そうでした。恨みを晴らすと約束したのに――」

家紋の付いた懐剣がなければ、相手がどこの誰ともわかりはしない。

がっくりと肩を落としたゆめ姫に、

「でも、あなたはその懐剣の柄に刻まれていた家紋が、〝井桁に下がり藤〟だと言った。間違いありませんね」

念を押した信二郎の顔はまた青くなった。

「ええ、それはもう」

ゆめ姫は大きく頷いた。

「でしたら、その家紋の絵柄を描《か》くことができますね」

「はい」

「描いてみてください」

促されたゆめ姫は小さな筆と少しばかりの墨汁を使って、懐紙に覚えている家紋の絵柄を描いた。

「藤の花房を井という字が囲んでいるこれは、たしかに、〝井桁に下がり藤〟と言われる家紋です」

信二郎はしばらく、その〝井桁に下がり藤〟をながめていた。

「もしや、お心当たりがあるのではありませんか」

ゆめ姫は思い切って訊いた。

「あなたは心まで読むのですか」

訊き返してきた信二郎の顔は沈んでいた。

「いいえ。ただ、急にお顔が翳《かげ》ったので。お心当たりがあって、悩んでいるのではないかとふと思っただけです」

「あなたにはかないませんね」

信二郎は苦笑した。

「実は、それがしというか秋月修太郎《あきづきしゅうたろう》には、幼い頃から仲のよい従妹《いとこ》がいたのです。梅乃《うめの》といいます。その梅乃の嫁いだ先が井口《いぐち》家でした。嫡男秀一郎《しゅういちろう》殿の妻になったのです」

「井口殿は〝井桁に下がり藤〟の家紋なのですね」

「梅乃が嫁入りしたのは、二年前のことです。ところが、祝言を挙げて三月と経《た》たないうちに、梅乃はいなくなったのです」

「いなくなった――」

「今思えば、それがしと同じ、よく言われる神隠しというやつですよ」

「まあ」

ゆめ姫は言葉もなかった。

「それであなたは、わたくしの夢に現れた女の方が従妹の梅乃様だと思っているのですね」

「〝井桁に下がり藤〟は珍しいというほどではないが、ありふれた家紋ではありません」

信二郎は重い口調で言い、

「さぞかし、夫の井口殿はご心痛でしょう」

ゆめ姫が案じると、信二郎は、

「ところが、井口家では神隠しなどではない、駆け落ちにちがいない、とんでもない嫁を貰《もら》ってしまったものだ、迷惑千万な話だと言い募ったのです。そのため、梅乃の母親は心労のあまり、長く床に就くほどになりました。梅乃が先方からのたっての望みで嫁したことを思うと、心ない言いようです」

悔しそうに唇を嚙《か》んだ。

「それはたしかにひどすぎる話ですね」

「おかげで、梅乃が井口の奴に殺されていたと分かりました。殺しておいて、駆け落ちと言い張っていたなんて――。だから、梅乃は自分の想《おも》いを伝えに、霊となってあなたの夢の中に姿を現したのです」

信二郎の目は怒りにあふれている。

――信二郎様は梅乃殿のことを想っておいでだったのね。想いを口に出せず終《じま》いで、梅乃殿は他家へ嫁いでしまわれたのだわ――

ゆめ姫はなぜか胸の奥がきゅんと痛くなった。

「しかし、こんなことが、また起きていいのか」

信二郎は呟いて、

「井口家では近く祝言があります。此度《こたび》の秀一郎の相手は材木問屋の娘さんです。娘さんは今、ある旗本家に養女に入って、武家のたしなみを学んでいると聞いています」

「信二郎様が案じているのは、また、花嫁が辛《つら》い目に遭うのではないかということですね」

ゆめ姫の言葉に信二郎は、

「この時期に、梅乃が花嫁姿であなたの夢に出てきたのは、恨みだけではなく、誰も、自分のような目に遭ってほしくないという、切実な想いもあるのではないかと思います。あの梅乃は誰に対しても思いやりが深かったから――」

目をしばたたかせた。

「見つけましょう。その梅乃殿が埋められている場所を。そうしなければ、また、何の罪もない花嫁が一人、犠牲になってしまいます」

腰を上げると、また、雪の冷たさがぴりっと伝わってきて、ゆめ姫の視界は再び閉ざされた。

昼間の光の中、通りを歩いている。

狛犬《こまいぬ》が三匹並んでいる神社を過ぎると、一軒の空き家の前に立っていた。

なぜか、ここに来るのが目的だったとわかる。

ゆめ姫は壊れて戸が半開きになっている玄関へと進んだ。踏み分けて行くのは、手入れの行き届いていない荒れ果てた庭である。秋までは一面に生い茂っていたであろう丈の高い雑草が、今は枯れ、雪を被《かぶ》っている。

ただし、一カ所、草が生えていない場所があった。雪だけを平たく積もらせている。

〝ここね、ここだわ〟

夢の中のゆめ姫が独り言《ご》ちると、

〝おい、誰だ〟

不意に大きな声がして、半開きの玄関から血まみれの男が顔を出した。

以前、夢に出てきた、端正だが冷たい印象の顔であった。

〝助けて〟

悲鳴をあげたが、まだ夢から醒めない。

男は追いかけてきた。庭を駆け抜けて外へ出ると、赤地に白く〝甘酒〟と染め抜かれた幟《のぼり》が見えた。そこへ向かって力の限り駆け出していく。

「しっかりなされよ、しっかり」

やっと気がつくと、信二郎の両手がゆめ姫の両肩を揺すっていた。

夢から醒めたゆめ姫は卯月だというのに、うっすらと額に汗を掻《か》いていた。

「何もかもわかりました」

ゆめ姫は息を整えながら言った。

夢の話を聞いた信二郎は、

「狛犬が三匹いる神社はこの江戸に二カ所あるんです。ただし、隣に甘酒の茶店を出しているところとなると、霊岸島《れいがんじま》にしかありません」

きっぱりと言い切り、

「あなたをなかなか醒めさせなかったのは、これを見せるためだったのですね。梅乃はあなたに見つけてほしい相手の顔と場所を見せた――」

大きく頷いた。

暗くなるのを待って、二人は池本家の裏門で落ち合った。

「井口家は並はずれた蓄財家で、自分の屋敷の他に、市中に何軒か家作を持っていると聞いています。霊岸島にある空き家はたぶん、そのうちの一軒でしょう」

暗い夜道を歩くのは、はじめてだったが、ゆめ姫は気にならなかった。

――梅乃殿の魂をお救いしなければ――

夢で見た空き家の前に立つと、土の中に埋められている梅乃の姿が見えた。

花嫁姿と骸骨とが、交互に目の前に現れ続ける。

――まあ、何という無残なことか――

「暗闇から早く出してさしあげなければ」

積もった雪の上に立つと、信二郎は役宅の物置から持参した鍬《くわ》を振り上げた。

一度掘られたことのある土は柔らかかった。信二郎はずんずんと掘り起こしていく。白い肋骨《あばらぼね》と懐剣のくすんだ朱色がちらりと見えた。

その時だった。

「何をしておる」

鍬を振りかざした信二郎の頭上に白刃が閃《ひらめ》いた。

「信二郎様、危ない」

ゆめ姫が必死の声をあげたのと、間一髪、刀の一撃を躱《かわ》した信二郎が鍬を放《ほう》り出して、後ろにのけぞって倒れたのとはほとんど同時だった。

「おのれ」

井口秀一郎は振りかぶっていた刀の柄を両手で握り直すと、

「運のいい正夢であった。何日か前から埋めたはずの梅乃の夢ばかり見るので、気になって、このところ見に来ていたのだ」

ぞっとするような顔でにやりと笑った。

ゆめ姫は、

――夢に出てきていた顔だわ。あれは井口秀一郎だったのね――

「止《とど》めじゃ」

井口が信二郎に向けて刀を振り上げた、まさに、この時、不意に強い風が吹いた。疾風である。

ゆめ姫は立っていられなくなってその場にしゃがみこんだ。信二郎も立ち上がることができない。

井口の体が刀を手にしたまま、独楽《こま》のようにくるくると回った。回りながらじりじりと穴の縁へと近づいていく。

風はますます勢いを増していく。

そして、とうとう、

「わーっ」

大きな声をあげたかと思うと、井口は穴の中へと落ちた。

そして、次には、

「ぎゃーっ」

断末魔の悲鳴が上がって、井口秀一郎は、持っていた刀で我と我が身を、胸から背中にかけて串刺《くしざ》しに刺し貫いていた。

風がぴたりと止《や》んだ。

立ち上がった信二郎は、

「井口に夢を見せたのも、風を吹かせたのも、梅乃がやったことだったにちがいない」

しみじみと言い、ゆめ姫は頷いた。

こうして、井口秀一郎の悪事は暴かれた。

井口秀一郎は持ち前の吝嗇《りんしょく》と残虐さゆえに、花嫁を亡き者にしていたのである。

梅乃の亡骸《なきがら》は懐剣とともに手厚く葬られた。

何日かして、庭に出ていたゆめ姫は時季外れの梅の花を見つけた。

〝仇《かたき》を取ってくださって、ありがとうございます〟

そう呟いてその花はすぐに消え、

――梅乃殿、どうか、安らかに眠ってください――

ゆめ姫は心の中で応えた。

三

翌日の昼過ぎ、ゆめ姫が亀乃に針仕事の手ほどきを受けていると、方忠が下城してきた。

方忠に呼ばれたゆめ姫は、清楚《せいそ》に咲いている垣根の卯の花を摘み取って茶室へと向かった。

ゆめ姫は、手にしていた卯の花を花器に挿して、

「いかがでございますか、叔父上様」

にっこりと笑った。

「大変結構でございます」

すでに居住まいを正している方忠は深々と頭を下げた。

「家人たちを欺くためとはいいえ、姫様に武家娘を装わせるなど、数々のご無礼、ただただ誠に申し訳なく――」

方忠は心労の余り、めっきり皺《しわ》が増えたように見える。

「いいえ、叔父上様、どうか、お気になさらないでください」

ゆめ姫の方は武家娘の言葉を崩さずに、さらりと言ってのけた。

その表情は明るい。

「わたくし、毎日を楽しんでおりますから」

「そうでしょうかな」

方忠の目はゆめ姫の手が荒れ始めているのを見逃さなかった。

左手には点々と針の刺し傷まである。

「わたくし、料理も裁縫も、まだ見習いなのです。叔母上様はそんなことまで、せずともよいとおっしゃってくださるのですが、わたくしばかり庇《かば》われると、わたくしはここの居候ですから、下の者たちにしめしがつきませんでしょう。ですから、わたくし、率先して水仕事や雑巾《ぞうきん》を縫わせていただいているのです」

聞いた方忠は、

――姫が行儀見習いの町娘なら感心なことだが――

複雑な心境で、

「姫様はいずれは大奥へお戻りになり、一橋家に輿入れされるお方。下女中のような手をされていてはよろしくありません」

慶斉との縁組みの話が出たとたん、

「そうですね」

相づちは打ったものの、姫の顔が翳った。

夢に出てきた血まみれの男が井口秀一郎であった以上、慶斉との縁組みが凶事とは限らない。

「でも、許婚の慶斉様は、兄上の後、場合によっては将軍職をお継ぎになるやもしれず、周囲がたいそう騒々しく、心労の極みだと父上様から伺いました。今や、慶斉様はわらとのことを負担に思っておいでではないか？」

大奥での話になると、知らずとゆめ姫の言葉遣いも戻っている。

方忠は、

「そのような見方もございましょうが、御三卿の家柄の慶斉様には、その覚悟がおありのようにわたしはお見受けしております。ご壮健で学問、武芸に通じているあの慶斉様が、弱気でいらっしゃるとは到底思えません。最高の位に就いて、政《まつりごと》を行うは御三家、御三卿の御血筋を引く男《おのこ》の夢でございましょうから。慶斉様におかれましては、心労にも増して、自負の心が強く芽生えているはずでございましょう。姫様との婚約が破談になってなどいない以上、いずれ姫様は千代田の城にお戻りになって、祝言の日を迎えねばなりません。どうか、常にそのお覚悟で――」

きっぱりと言い切って釘《くぎ》を刺した。

――城中で最後にお目にかかった時、慶斉様はわらわに大人になるようにとおっしゃった。もしかして、慶斉様の野心を支えるのがわらわの務め？　大人になるってどういうこと？　ああ、慶斉様にお目にかかりたい――

ゆめ姫は方忠に気取られないようにこっそりとため息をついた。

その頃、亀乃は信二郎を呼んでいた。

訪れた信二郎は、

「今日もおやつはふかし芋ですよね」

無邪気に念を押した。

熱々のふかし芋が信二郎の好物だと聞いて以来、亀乃はせっせと作り続けている。

「いいえ、故郷《くに》へ帰った下働きのおよしが、新年の挨拶《あいさつ》にとどっさり送ってきてくれた麦こがしですよ」

亀乃もにっこり笑い返した。

麦こがしは炒《い》った大麦の粉である。

「麦こがしですか――」

信二郎はやや、がっかりした様子で、

「あれも美味《うま》いのですが、むせますからね」

子どもの頃、麦こがしの粉を吸い込んで、夜通しむせた話をした。

「粉に加える湯の量を間違わず、ゆっくり食べれば、むせるようなことはありませんよ」

池本家では、椀《わん》に入れた麦こがしに砂糖を加え、注いだ湯でよく煉《ね》り上げて食べる。

「その時からずっと、麦こがしは苦手なのです」

信二郎がため息をつくと、

「食べ盛りの頃のあなたは、きっと早く早くと焦って食べたからむせたのでしょう」

信二郎の食べ盛りを目にすることのなかった亀乃は、手の甲でこみあげてくるものを拭った。

「ところで信二郎」

亀乃は意識して垂れた目を引き上げて唇を噛みしめた。

「秋月家の縁につながる、梅乃殿とやらのご遺骸《いがい》を霊岸島の井口家の家作で見つけたのは、あなただそうですね。総一郎《そういちろう》から聞きました」

「ええ」

「あなたは、夜、眠れなくなって散歩に出て、偶然、通りかかって見つけたそうですね」

「その通りです」

「嘘《うそ》をおっしゃい」

亀乃の物言いは、声音こそ柔らかかったが鋭かった。

「ゆめ殿と一緒でしたね」

一瞬、信二郎は言葉を失った。

「いいえ、そんな」

必死に取り繕おうとすると、

「あの夜、ゆめ殿の寝間の前を通ったところ、襖が開け放たれていました。どうしたのかと中を覗《のぞ》くと夜具は空でした」

「おっしゃる通りです。一緒でした」

信二郎はがっくりと頭《こうべ》を垂れた。

「信二郎」

亀乃は信二郎を見据えた。

「わたくしはあなたを信じています。ですから、どうして夜中にゆめ殿を連れ出したのか、あなたの口から聞かなければなりません」

「非業の死を遂げた梅乃の仇を取るためです。確固たる証がなければ奉行所は動きませんから」

「ゆめ殿が梅乃殿の夢を見たのですね」

「はい」

「だとしても、井口家の家作には、あなた一人で行けば済むことでしたよ。必要ならば総一郎に頼むこともできたはずです。このような捕り物めいたことはゆめ殿には危険すぎます」

「申しわけありません」

信二郎は深くうなだれた。

「ゆめ殿は父上の大恩ある方からお預かりしている、大切な娘御です。いいですか、信二郎、今度のことは、父上に申さず、わたくし一人の胸におさめておきますゆえ、どうか、もうこんなことは二度としないようにしてくださいね」

亀乃はため息を洩らした。

日頃の健康そうな赤みが減って、珍しくやや青く疲れた顔であった。

亀乃の部屋を出た信二郎は、疲れていた母の顔が頭から離れないまま玄関に向かうと、

「信二郎、ちょっと」

玄関外で兄の総一郎が待っていた。

庭を歩きながら兄弟は話を続ける。

「母上に叱《しか》られたのだろう？」

総一郎は案じている。

「ええ」

「俺の話し方が悪かったのかもしれない」

「そんなことはありません。後先を考えずにゆめ殿を連れて行ったそれがしが悪いのです。

考えてみれば、敵にしてみれば、ゆめ殿は生き証人、それがしの命だけではなく、ゆめ殿の命まで奪われかねない事態だったのですから、母上に叱られて当然です」

「母上とて叱りたくて叱ったのではない。母上は、長い間、離ればなれになっていたおまえが愛《いと》おしくてならないはずだ。そこを心を鬼にして厳しいことをおっしゃったのだ」

「わかっています」

「ならば、忘れていることがある」

「忘れていること？」

「ふかし芋だよ。母上はおまえが来るとわかっている八ツ（午後二時頃）には、必ず唐芋を蒸籠《せいろ》でふかして待っておられる」

「しかし、今日の八ツ刻《どき》は麦こがしと聞いています」

「麦こがしだと言ったのは、ふかし芋を出せば、おまえに向かって、厳しい説教をするという決意が鈍るとでも思われたのだろう。母上のためにも、ふかし芋を食べていってほしい」

「わかりました」

こうして信二郎は再度、池本家の玄関を上がった。

「むせない麦こがしをいただくのを忘れていました」

信二郎は亀乃に笑顔を向け、

「わたしは前からふかし芋より、麦こがしが好きで、むせたことなどないが」

総一郎の方は箸《はし》で麦こがしを摘《つま》む仕種をした。

この時、都合よく、二人揃って腹の虫がぐうと鳴った。

「まあまあ、二人とも——」

泣き笑いの亀乃は、やや青かった顔にいつもの赤みを戻らせていた。

四

翌日は卯月とは思えないほど肌寒く、ゆめ姫は昼餉を終えると、厨《くりや》に入って、亀乃の指示に従い、お汁粉作りに取り掛かりはじめた。

池本家に来てから初めて任された、本格的な調理であった。

襷掛けをしたゆめ姫は張り切って取り組んでいる。

小豆と水を強火で茹《ゆ》で、笊《ざる》に上げたばかりのゆめ姫は、

「叔母上様、何と小豆は早く煮えるのでしょう!!」

感嘆したのだったが、

「では、今茹でた小豆を噛んでごらんなさい」

亀乃は苦笑した。

笊の小豆をつまんだゆめ姫は、

「不味《まず》い。生です」

顔をしかめた。

するとと亀乃はやれやれといった顔で、

「あなた、お汁粉を召し上がったことはないの」

「あります。大好きです」

大奥では汁粉は〝おゆるこ〟と言い、皆が楽しみにしている食べ物であった。

もっとも、ゆめ姫には、その〝おゆるこ〟がどうやって作られるのか、知る由もなかった。

「きっと、あなたのおそばには男の方ばかりだったのね。それで、小豆の煮方一つ教えてもらえなかったのでしょう」

不憫《ふびん》そうにため息をついて、

「小豆は柔らかくなって食べられるまでになるには、小半日はかかるものなのです。お汁粉にする小豆は二度、水を替えて煮ます。そうしないと小豆の灰汁《あく》が抜けずに、砂糖や餅《もち》との相性も悪く、美味《おい》しくできません。煮上がるまで、これでもかと湧き出てくる灰汁を掬《すく》い取らなければ、すっきりとした味に仕上がらないのです。三度目の時は沸騰したらそのまま火加減を見張るのです。鍋《なべ》につきっきりでいないと、小豆が焦げ付いてしまいます。水気が足りなくなったら、水を足してください。そして、小豆が柔らかくなったら、塩を一つまみと砂糖を入れて弱火にして、小豆の芯《しん》が柔らかくなるまでとろとろと煮るのです」

「わかりました」

——美味しいおゆるこを作るには苦労がいるものなのだわ——

神妙に答えたものの、ゆめ姫はため息をついた。

ゆめ姫の異変は足りなくなった鍋の水分を足そうと柄杓《ひしゃく》を手にした時に起こった。柄杓を手にしたまま、崩れ落ちるように、厨の土間に蹲《うずくま》ってしまったのである。

「どうされました」

驚いた亀乃が抱き起こすと、ゆめ姫は頬を真っ赤に上気させている。額と首筋からどっと汗が噴き出している。

亀乃はゆめ姫の額に手を当てた。

「まあ、ひどい熱。もしや、竈《かまど》の火に当てられたのかも」

そうは言っても、この寒さである。竈の熱さは心地よいほどである。

「どうしたのです」

この時、ついつい、ゆめ姫の料理修業が気になって、厨を覗いたのは総一郎だった。

「とにかく、ゆめ殿を部屋へお連れしないと」

総一郎は苦しそうな息使いのゆめ姫を抱き上げると、ゆめ姫の部屋へ急いだ。

下女中にお汁粉の鍋を任せた亀乃は、夜具を延べ、総一郎が横たえたゆめ姫にそっと夜着を掛けた。

後は冷水に入れて絞った手拭いで額を冷やすほかなかった。

亀乃は黙々と手拭いを換え続け、総一郎はじっと見守っていた。

話を聞いた方忠は、

——一番恐れていたことが起きてしまった——

脳天に矢でも射かけられたような衝撃を受けた。

咄嗟《とっさ》に下を向いたのは、顔に出てしまっていてはまずいと思ったからである。

——うろたえてはならない——

自分に言い聞かせるようにして、

「ともあれ、中本《なかもと》殿をお呼びせよ」

威厳のある声で亀乃に命じた。

池本家の主治医である、本道の法眼《ほうげん》を名乗る中本尚庵《しょうあん》が呼ばれた。

本道とは内科のことであり、法眼は上位の医師の身分であった。

解熱の薬を処方した尚庵は、

「流行《はやり》病ではない。けれども、なぜ、熱が出たのかはわかりません。今夜が峠《とうげ》と思われます。薬が効いて熱が引き、目覚めるとよいのですが、このままでは——」

沈痛な面持ちで帰って行った。

こうしてゆめ姫の部屋は、一挙に重苦しい空気が漂う病室と化した。

熱は引かず、ゆめ姫はひたすら眠り続けた。

亀乃は、夜を徹してゆめ姫の看護に当たった。薬を与え、額を冷やし続け、方忠と総一郎はじっと見守った。

ゆめ姫は熱にうなされながら夢を見ていた。

あたりはいつものように暗い。目の前に身体を横たえた男の姿があった。

すぐ近くで突然、炎が上がった。その炎はめらめらと勢いよく燃え上がって、あたりは昼間のような明るさだ。

そのせいで男の姿がはっきり見えた。蓬髪《ほうはつ》の上、顔は汚れ、ぼろを纏《まと》っている。いわゆる物乞《ものご》いなのだが、ゆめ姫は目にしたことがないので、そうとはわからない。

──無念を伝えたいのはこの方なのね──

夢の中でそう思い、必死で相手の様子を見つめた。

ぼろに火が移ると熱さのせいだろう、眠っていた男は目覚めて飛び上がった。

〝わーっ〟

大声をあげたが、火はみるみるぼろを焼いていく。

ほどなく、男の全身が炎に包まれて、

〝熱い──熱い──助けてくれえ〟

男は叫んだ。

〝助けてくれえ〟

ゆめ姫も叫んだ。

ただし、その声はゆめ姫の声とは思えない野太い男の声で、方忠と亀乃、総一郎は思わず顔を見合わせた。

「やっと気がつきましたね」

姫の目の前に亀乃の顔があった。その脇には方忠も総一郎もいる。亀乃はゆめ姫の額に手を当てて、

「もう、大丈夫。熱は引いております」

ほっと安堵《あんど》すると、

「わたくし、謝らなければなりません。ゆめ殿にとって、ここはまだ不慣れなところ。その上、やれ、裁縫だの、料理だのと、矢継ぎ早では、疲れも溜《た》まるというものです。ごめんなさい、ゆめ殿、これからは、少しずつ、覚えることにしましょうね」

声を詰まらせた。

そして、姫の様子に安堵した方忠は「御先祖様にお礼を」と言って仏間に入った。

一方ゆめ姫は、

「わたくしが煮ておりました小豆はどうなりましたか――」

無邪気に訊いた。

目覚めてすぐに思い出したのは、お汁粉だったのである。

「あれは昨夜のお夜食に頂きました」

「まあ――」

ゆめ姫はちょっと残念そうな顔をした。

「お腹《なか》が空きましたか」

「ええ、少し」

ゆめ姫は顔を赤らめた。

「ではお待ちなさい。わたくしが今、あなたのために、お汁粉を作ってきてさしあげますから」

立ち上がった亀乃に、

「母上、ゆめ殿には白粥《しらかゆ》にしてさしあげてください」

総一郎は言った。

「どうして」

不審そうな亀乃に、

「汁粉では時がかかりすぎます。お腹を空かせているゆめ殿がかわいそうですよ」

「そういえばそうですね」

頷いた亀乃が出て行くのを待って、やや気むずかしい顔になった総一郎は、

「わたしはあなたの熱が母上のおっしゃるような、気疲れ、働き疲れではないと思っています」

言い切り、

「あなたは倒れて熱を出した時、小豆を煮ていたのでしたね」

念を押した。

ゆめ姫が頷くと、

「あなたの夢力は弟を見つけ出してくれて以来、よくよく承知しております」

総一郎は細く切れ長の優しい目を向けてきて、

「小豆は年始めに小豆粥祝にされます。健やかな身体を願ってのものですが、これは小豆の赤い色が魔除けや邪気払いになるとされているからです。魔を退け払う力があるということは、霊的なものと関わることができる、そういうことでもあると思うのです」

「わたくしが小豆を煮ていたから、熱を出したのだというのですね」

「あなたでなかったらこんなことは起きなかったでしょう。あなたと小豆、二つの霊力が重なったのですよ」

「重ねたのは夢の中の人の霊だわ。わたくしに自分の夢を見させるために――」

「また夢を見たのですね。そういえば、〝助けてくれ〟と叫んだ声はあなたのものとは思えなかった」

「男の人でした」

ゆめ姫が夢の話をしかけると、

「おっと、ここからは人の咎《とが》が関わっていて、奉行所の役目かもしれませんので、信二郎に話してください。〝助けてくれ〟という声を聞いて、あなたの様子が夢力ゆえではないかとぴんと来た時、八丁堀に使いをだしました。そろそろ弟が来るはずです」

そう告げて総一郎は立ち上がった。

「信二郎がまいりました」

玄関を上がった信二郎は一目散に姫の部屋に駆け付けた。

夢について話したゆめ姫は、

「わたくし、何とか、あの方の無念を晴らしてさしあげたいと思うのです」

思い詰めた目をしている。

「といっても、一人の物乞いが焼き殺されたというだけでは。この江戸の町に物乞いの数は多いですからね、せめて、場所なりともわかれば――」

困惑気味の信二郎はうーんと腕組みをした。

五

その夜、ゆめ姫はまた焼き殺される男の夢を見た。

炎に包まれている男はゆめ姫に向かって、ぐいと右手の握りこぶしを出したかと思うと、ゆっくりと開いて見せた。

中にあったのは紫色の地に白い小菊の絵柄のある陶器の欠片《かけら》であった。

目を覚ましたゆめ姫はその形を絵に描いて、池本家に泊まった信二郎に見せた。

「これ、手がかりにならないでしょうか」

「何とか、探してみましょう」

信二郎は受け取って懐に入れた。

朝餉もそこそこに、信二郎は日本橋南にある新影無念流《しんかげむねんりゅう》の道場を訪れた。

悪くない筋だと道場の師範に言われたが、それほど好きではないので、このところ道場通いは怠っていた。

行ってみることにしたのは、この日は、竹馬の友の山崎正重《やまざきまさしげ》が、稽古《けいこ》に来ているはずだったからである。

南町奉行所同心山崎正重はすべてにおいて、信二郎と対照的である。

まず、ずんぐりとしていて背が低く、四角い顔はいかつい。

筋はたいしたことがないと言われながらも、練習熱心で本番に強く、師範代になれるほどの勝ちっぷりであった。

「ここで秋月と会うのは、しばらくぶりだな」

信二郎は今でも秋月修太郎で通している。

「ほんとうだ」

短い挨拶を交わした二人は竹刀を手にして、小半刻《こはんとき》（約三十分）以上懸命に打ち合って汗を流した。

「一つ、訊きたいことがあるのだが」

信二郎は切り出した。

「実はこちらにも知りたいことがあってな。おまえのところを訪ねようと思っていたところだった」

住んでいるのが同じ八丁堀でも、三十俵二人扶持《ぶち》の同心と二百石取の与力という身分の違いがあるので、山崎が信二郎を大っぴらに訪ねたことはない。もちろん、奉行所内でも黙礼だけで言葉を交わすこともないのだが、信二郎の実父が側用人だったとわかってからは尚更《なおさら》で、表向きの顔を外せるのが唯一この道場内だけだった。

「ふざけるな。馬鹿馬鹿しい。そんなことより、おまえの話を聞きたい」

山崎には従妹の梅乃のことで世話になったばかりであった。

井口秀一郎が自業自得の死を遂げた時、信二郎は奉行所ではなく、山崎の役宅に飛んで行ったのである。

奉行所の記録では、同心山崎正重が密《ひそ》かに内偵していて、井口秀一郎の悪事を突き止めたことになっている。

井口秀一郎が埋めた妻の遺骸を掘り起こしたのを見つけたのも、山崎本人と記されていた。

山崎はその話を蒸し返して、

「棚ぼたの手柄はうれしかったが、ああでもしなければ、辻褄《つじつま》の合わぬ話でもあった」

ため息をついた。

あの時、山崎の役宅に駆け込んで話をした信二郎は、ゆめ姫の不思議な力について説明した。山崎にだけは真実を言うしかなく、山崎は半信半疑で井口家の家作へと駆けつけたのである。

「しかし、あの辻褄の合わぬ話は嘘だろう」

山崎はじろりと信二郎を見据えて、

「おおかたおまえが梅乃殿の仇を取ろうと、井口を尾行《つけ》まわしていたのだろう」

「それは違う」

信二郎はゆめ姫の力について繰り返した。

しかし、山崎は納得のゆかない顔で、

「あの場に居た娘御にか──」

首をかしげた。

「祈禱《きとう》やら占いやらは年寄りと決まっているではないか」

思い込みが激しいのも、この男の性分であり、頑固でもあった。

──これはもう、矛先を変えて、本題に入るしかないな──

「ところで、最近、焚《た》き火《び》などの不始末で焼け死んだ物乞いはいないか」

信二郎は、ずばりと訊いた。

「何だ、話というのはそれか」

山崎はふんと鼻で笑った。

「そうだが悪いか」

信二郎は憮然《ぶぜん》として言い返した。

「まあ、そう、むきになるな。噺《はなし》のネタになるようなこともない」

今度は山崎の方がかわして、

「焼け死んだ物乞いはいないが、火事で逃げ遅れて死んだ者ならいる」

「どこの誰だ」

「おととい の夜、日本橋一丁目の瀬戸物問屋美濃屋《みのや》の主《あるじ》、吉兵衛《きちべえ》だ」

「あの大店《おおだな》のか――」

「大店ではあったが、吉兵衛は相場に手を出していて、苦しい内証だったようだ。初老にさしかかっていた吉兵衛には、相談する妻子もなく、このところ、憂さ晴らしに酒を飲むことが多かったと、逃げのびた奉公人たちが言っている」

「では、火事は酔った吉兵衛の火の不始末か」

「いや、そうでもない」

「付け火か」

付け火は重罪である。

「まあ、そのようだ」

「下手人は分かったのか」

「詮議《せんぎ》中だ。手柄取りで団結しているゆえ、どこの誰とまでは、たとえおまえでも言えん」

「そうだろうな」

頷いた信二郎は、懐からゆめ姫の描いた絵を出して見せた。

「ところで、焼け死んだ吉兵衛だが、この絵柄のある瀬戸の欠片を右手に握っていたはずだが――」

目にした山崎はこめかみに青筋をたてて、

「おまえ、与力の権を振りかざして、証の品を盗み出したのではなかろうな」

今にも摑《つか》みかかってきそうな形相になった。

「この俺がどうして盗むのだ」

信二郎は呆《あき》れた物言いをし、

「ということは、吉兵衛は瀬戸の欠片を持っていて、絵柄はこれと同じだったというわけだな」

念を押した。

頷いた山崎は、

「まさか、これも――」

「そうだ」

信二郎はゆめ姫が見た夢の話をして、

「疑うならこの絵と証の品を並べてみるがいい。ゆめ殿は番屋や奉行所に盗みに入ることなどできない。ゆめ殿の力は本物なのだ」

言い切り、

「しかし、殺《や》った奴がわかったとなれば、もう、ゆめ殿の夢枕に吉兵衛の霊が立つこともなかろう」

話を仕舞いにした。

この話をゆめ姫に早く伝えようと、池本の屋敷を訪れた信二郎が目にしたのは、勝手口を出て行こうとする初老の女の姿であった。

総一郎が勝手口から顔を出し、その女を呼び止めた。

粗末な縞《しま》木綿の着物を小ざっぱりと着付けているその女の端正な白い顔が、これ以上はないと思われるほど思い詰めている。

「総一郎様、あたしはもう――」

青ざめた顔に湧き出てくる涙を袖で拭《ぬぐ》い続け、信二郎に気がつくと、

「すいません、泣くなんて縁起でもありません。疫病神はこれで失礼させていただきます」

急ぎ足で裏門から出て行った。

「兄上、今の女子《おなご》は？」

信二郎の問いに、

「長く屋敷に出入りしているお光《みつ》だ。亭主と死に別れて以来、仕立物で身を立て、苦労して一人息子の勝次《かつじ》を育ててきた。その勝次も棒手振《ぼてふ》りの魚屋になって、新鮮な魚を届けてくれる。お光は屋敷に来れば必ずわたしと軽口をたたく。今日に限って、なぜ、あのようなのか――」

総一郎は首をかしげた。

「そうですか。それがし、その後、いかがされたかと、ゆめ殿に会いに来たのですが。ちょうどいい、こちらから失礼します」

と言って、信二郎は勝手口を上がった。


ゆめ姫は部屋に居た。

「そろそろ、お目にかかりたいと思っておりました」

ゆめ姫の顔も浮かない。

「何かあったのですか」

「叔母上様のご様子が」

「風邪でも」

「いえ、とりたてて、どこがお悪いということではないようです」

「では、さっき泣きながら帰ったお光が原因では？」

——あの母上のことだ。長いつきあいだというお光ともうまが合って、出入りの者と奥方という身分を越えて、仲がよかったはずだ。母上を塞《ふさ》ぎ込ませてしまうほどのことが、お光の身に起きたのだろう——

信二郎はお光に降りかかってきている、並々ならぬ禍《わざわい》を確信した。

頷いたゆめ姫は、

「先ほど叔母上様から伺いました。お光さんの息子さんが、大店の瀬戸物屋に付け火して主を死なせた罪で、お縄になってしまったとのことでした。付け火でお縄になると、火あぶりであるとか——」

悲痛な面持ちで告げた。

六

「あの勝次が」

遅れて部屋に入ってきて、一瞬絶句した総一郎だったが、

「とても信じられません。わたしたちが知っている勝次は、幼い頃から明るく利発で、母親想いでしたよ。棒手振りになってからは、〝勝次さんの売る魚は、気性通りに活きがいいと評判だそうですよ〟などと、下女中たちが噂《うわさ》するほど、さわやかな人柄でしたから」

勝次を庇う言葉を連ねずにはいられなかった。

ゆめ姫の方は、

「訪ねてきたお光さんの話を訊いて、叔母上様はいつになく、塞ぎこんでしまわれているのです。わたくし、どうしてさしあげたらよいかと——。ともあれ、殺された方に訊いてみたくて。自分を殺した者が勝次さんじゃないという、確かな手がかりが見えないかと思って——。でも、だめ。この部屋に籠《こ》もってみても、わたくしには、何も見えませんでした」

泣き出しそうになって唇を噛んだ。

亀乃は仏間にいた。

「勝次が罪に問われぬよう、せめてもと祈っていたのですよ」

「母上、くわしい事情を話していただけませんか」

総一郎と信二郎、ゆめ姫の三人は亀乃の後ろに座って、まずは先祖代々の仏壇に手を合わせた。

「町方役人は勝次が美濃屋に付け火をしたというそうなのです。何でも番頭の小吉《しょうきち》という者の強い証言があるそうです」

「それがしにはどうもよくわかりません。棒手振りの勝次がどうして、付け火などするのか。盗みならわからないでもありませんが」

亀乃の話に信二郎は首をかしげた。

「何を言うのです。勝次に限って、盗みなどするはずがありませんよ」

亀乃はきっとなって信二郎を睨《にら》みつけた。

「それがしは、ただ可能性を口にしたまでのことです。盗みなら得がありますが、付け火では、何もかも、燃えてしまうのですから、何の得もない、そう言いたかっただけです」

聞いていたゆめ姫は、

「付け火の下手人には、火を付けられた相手が苦しむ様子を想い描いてすっとする、そういう者もいるのではないかと――」

今まで何度か大奥で起きたという火事騒ぎの話を思い出していた。中には自然に起きたとは思えないものもあると聞かされている。女の園である大奥特有の怨恨《えんこん》によるものだと——。

「勝次が見ず知らずの美濃屋を恨む筋はないでしょう」

信二郎の言葉に首を横に振った亀乃は、

「それがね、わたくしも今日はじめて打ち明けられましたが、元を正せば、お光は美濃屋の主勝兵衛《しょうべえ》の内儀で、息子の勝次は跡継ぎだったのです」

「それがどうして長屋暮らしに？」

驚いた総一郎が目を瞠《みは》った。

「焼け死んだ吉兵衛とやらはお光の夫勝兵衛の、のれん分けをした弟だとか。たいそうなやり手で、節操のない商いも平気な人で、汚い策を弄してとうとう美濃屋を乗っ取ったそうです。血を分けた弟の仕打ちに耐えかねた勝兵衛は、身も心も弱って亡くなったそうです」

「そうか、親子は叔父の吉兵衛に追い出されたというわけですね」

総一郎はなるほどと頷いた。

「ええ、そう。お光は吉兵衛に暮らし向きを同情され、何度も夫婦《めおと》になってくれと乞《こ》われ、何度も贈り物があったそうですが、そのたびに断り、届けられた物は突き返していたそうです。わたくしにはよくわかります。せめてもの女の意地ですよ」

亀乃はいたく感心している。

「ふーん、吉兵衛の目的は美濃屋だけではなかったとはね――」

信二郎は知らずと腕組みをしている。

「ところが、半年ほど前、吉兵衛が突然、自分は老い先短い身なので、自分が死んだら美濃屋の身代を、甥《おい》である勝次に譲りたいと言いだしたのだとか――」

「吉兵衛には妻子がいなかったのですね」

信二郎の念押しに亀乃は頷いた。

「その時、お光はあこぎな叔父の話になど乗るものではない。美濃屋を取られた時のように、どんな悪だくみが隠されているかしれないと、口を酸っぱくして諭したそうなのですが、勝次の心は揺れたのでしょう」

「たしかに元を正せば美濃屋は勝次のものですからね」

今度は信二郎がうんと首を縦に振った。

「お光は近頃、目が前ほど利かなくなったと言っていました。仕立物の仕事も昔ほどはこなせなくなったと。親孝行の勝次は、お光の先々のことも考えて、吉兵衛の申し出に、乗ってみることにしたのではないかとわたくしは思います」

「それでどうして、勝次が吉兵衛を焼き殺すのです？　いずれ自分の物になる店まで焼くのはおかしなことですよ」

総一郎が口を挟んだ。

「吉兵衛はいよいよとなって、勝次に店を譲るのを止めたのではないかと。これを知った勝次が思わずかっとなって、付け火に及んだのかもしれないと、お光は思っているようです」

「待ってください。どうして、お光がそこまでくわしい案を想い描けるのか、不思議でなりません。お光はきっと何か、重要なことを知っているのです。お光を呼び戻して話を聞かねば――」

そこで信二郎は、亀乃に頼んで急ぎ使いの者をお光親子の住む長屋へと走らせた。

戻ってきた使いの者は、

「お光は――番屋に連れて行かれたそうです。――何でも、美濃屋が付け火された夜、――近くにお光がいたのを見た者がいたとかで――」

息を切らしながら告げた。

「まあ、お光まで――」

亀乃の膝《ひざ》が崩れた。

「叔母上様」

駆け寄ったゆめ姫は、

「信二郎様、何とかならないのでしょうか。わたくし、叔母上様がこんなにお辛そうなの、とても見てはいられません」

「わかった」

翌日の早朝、信二郎は山崎正重の役宅へと向かった。

「これは驚いた」

出てきた山崎は目を瞠った。

「何足もの草鞋《わらじ》でお忙しい与力殿が同心宅に。しかもこんな刻限にみえられるとは、また手柄を立てさせていただけるのかな」

上目遣いに、しかし微笑をたたえながら信二郎に言った。

「美濃屋の付け火のことで、訊きたいことがある」

「ああ、あれか」

山崎はわざと横を向いた。

何もしゃべらないつもりのようである。防御は堅い。

「どうやら火をつけた奴は池本の母上の知り合いのようなのだ」

「ふむ」

一瞬、山崎は躊躇《ちゅうちょ》した。

将軍の側用人である、池本家の奥方の頼み事ともなれば話が違う。

──おそらく、勝次やお光は出入りの者なのだな──

庇い立てしたい理由の見当もついた。

「おおそのことは母上から聞いた。話を聞く限り、勝次はたしかに下手人であるかもしれぬと思う。ただ、母上はあの親子に情があって、なかなか思い切れぬ。仕方ないのだと諦めさせるためにも、これぞという証を示してやってくれると有難い」

信二郎のうがった言葉に、

――その程度なら恩を売っておこう――

山崎は腹を決めた。

「決め手は番頭小吉のくわしい証言だ。吉兵衛は身代を勝次に譲ると書いた、証文を小吉に作らせた。小吉はこれを勝次に見せに長屋に行っている。母親のお光とも会っている。ついては、付け火のあった夜、勝次は美濃屋を訪れることになっていた。吉兵衛は、勝次が証文に名を記した後、亡き兄勝兵衛の冥福《めいふく》を祈って、一献かわしたいと願ったのだという。ところが、譲ると決めた日の前日になって、突然、吉兵衛は気持ちを変えた。やはり、勝次には譲りたくないと言いだして、小吉に〝おまえはいなくていい、わしがちゃんと話をつける。向こうはいくばくかの金で納得するだろう〟と悪びれた様子もなかった。吉兵衛をよく知っている小吉は、自分の主が吝嗇なだけではなく、場当たり的に理不尽な言動を通してきたことも知っていたので、どうすることもできず、そのままになったのだそうだ」

「なるほど、番頭はその場にいなかったのだな」

信二郎は念を押した。

「そうだ。主の気性は心得ていたものの、吉兵衛と勝次親子の因果を知っている番頭は、まさかと思われるひどい仕打ちだと思ったと言っている。火の手が上がった時、〝無理もない〟とすぐに、訪れることになっていた勝次の仕業だと気がついたそうだ」

「ひどい話だな」

「たしかにそうだが、だからといって、付け火が許されるものではない」

「火刑か」

「まあ、そういうことになるな」

山崎は側用人の奥方の胸中を、思いやるかのようにうつむき加減に答えた。

信二郎は、

「母親のお光もお縄になったと聞くが、これは何の咎か」

訊かずにはいられなかった。

「付け火のあった頃、お光は美濃屋の近くに居た。見た者もいるし、本人も認めている。お光は美濃屋に付け火したのは自分だと言い張っている。奉行所が捕えに行った時、すでに身支度を済ませていて、これから自訴するつもりだったと、静かな声で言ったそうだ」

「そんな馬鹿な」

「これを聞いた勝次は、〝おっかさんは俺を庇っているだけです。俺がやりました。約束を反古《ほご》にしようとした叔父の吉兵衛が憎くて憎くて、咄嗟にやったことです〟と罪を認めた」

「すると裁かれるのは勝次一人だな」

「いや」

山崎はいつになく毅然《きぜん》とした態度で、

「たしかに、吉兵衛は法で裁けない悪行を重ねてきた。吉兵衛の奸計《かんけい》に弄《もてあそ》ばれ続けた、お光と勝次の親子はあまりに気の毒だ。しかし、だからといって、人を殺《あや》めるのは御定法を破ること。あってはならぬことだ」

「奉行所は、母親と勝次が結んで、吉兵衛を殺したと見做《みな》しているのだな」

「お光は証文のことも含めて、一部始終を知っていた。店を乗っ取って亭主を死に追いやった吉兵衛を、恨む気持ちは人一倍だったはずだ。吉兵衛が言い出した通り、店を譲るならそれでよし、もし、反古にしようとしたなら、相応の報復をしようと、親子は示し合わせていたのではないかと思う」

「まさか、二人とも仕置きか」

「おそらくそうなるだろう」

「ひどすぎるぞ」

山崎と別れた信二郎は、帰り道、この事実をどう亀乃やゆめ姫に話したものかと、暗澹《あんたん》たる心持ちになっていた。

七

いつものように夕餉の支度を済ませると、

「ゆめ殿、申し訳ありませんが、今日だけは、あなたが夕餉のお世話をしてくださいね。

あ、それから信二郎、今晩はわたくしの代わりに御膳についてください。泊まって行ってくれると、もっとうれしいのだけど」

青い顔の亀乃は部屋に引き取って床に就いてしまった。

信二郎からお光、勝次親子の運命を聞いたからである。

ゆめ姫は見様見真似《みまね》で覚えた要領で、夕餉の給仕をした。

飯茶碗に飯がだんごのように重なっていたり、入念すぎて茶が濃すぎたりしたが、誰も文句は言わなかった。

給仕に追われていたゆめ姫は、自分の膳には手を付けず、飯櫃《めしびつ》に残った飯を握って皿にのせ、亀乃へ届けた。

「ありがとう」

亀乃は礼を言って、ゆめ姫が握った、手に取ればぽろぽろと飯粒が落ちる握り飯を一口食べて皿に戻した。

「ごめんなさい、今は食が進まないのです。この握り飯のせいではありませんよ。気にしないでね」

「わかっています。でも、せめて」

ゆめ姫は皆が顔をしかめたので、濃すぎるのだとわかった、湯で薄めた茶を勧めた。

「ありがとう、あなたはほんとうに優しいのですね」

亀乃が臥《ふ》している部屋を出たゆめ姫は、

――叔母上様の悲しみは親子の命が助けられない以上、癒《いや》すことができない。何という情けないことか――

たまらない思いになって、気がついてみると方忠の部屋の前に立っていた。

「ゆめにございます。お話がございます」

襖を開けた方忠は、

「ゆめ殿か」

招き入れたが、なごんでいた目にすでに緊張が走っている。

「何事です?」

そこでゆめ姫は、亀乃が臥してしまった真の理由を話した。

「何とか、親子の命だけでも救うことはできないものでしょうか」

「お光と勝次ならわたしも知っております。親と子が慈しみあっていて、よい母と子がいるものだと感心しておりました」

「ならば――何とか」

ゆめ姫はもう一押しした。

しかし、方忠は、

「それはできぬことです、姫様」

「でも、じいは将軍付きの側用人ではないか?」

「たしかに町奉行よりも身分が高く、上様のおそばに仕えております。それでもそこまでのことはできぬのです」

「なぜ――」

ゆめ姫は食い下がった。

何としても親子を助けたい。亀乃に笑顔を取り戻させたかった。

すると、方忠はゆめ姫をじっと見つめて、

「親子が起こした付け火の裁きは町奉行所と御老中方のお役目。もとより、わたしの出しゃばる筋ではありません。天上人の上様を下々の沙汰《さた》になど関与させてはならないのです。それが世の中の仕組みというものなのです」

諭すように言い、

「案じていただくのはもったいないことですが、亀乃のことはもう案じてくださるには及びません。亀乃とて世の倣《なら》いはわかっているはず。いずれ気も落ち着きます。おわかりいただけましたね」

念を押した。

「わかりました」

しおしおとうなだれて、自分の部屋に帰ったゆめ姫が寝付かれぬまま明け方近くになった。

いつのまにか、うとうととまどろんでいた。

夢で見ているのは、一枚の皿であった。

周囲の暗闇に光が当たり、ぽっかりと皿が浮き出して見える。

絵皿に見えているのは、お手玉で遊ぶ少女の姿である。虹《にじ》を想わせる何色もの華麗な色彩に加えて金箔《きんぱく》なども使われている、美しい皿であった。

目覚めたゆめ姫はこの絵柄を描いてみた。手元にあったのは紙と硯《すずり》と筆だけだったので、

――ここに、絵具があって、絵心のある藤尾《ふじお》がいてくれたら――

残念に思いつつ、それでも、形だけは出来得る限り正確に描こうと試みた。

特に少女の着物の柄とお手玉の絵柄には熱心に取り組んだ。

なぜなら、その紫の地に白い小菊が散っている絵柄には見憶《みおぼ》えがあった。前に見た夢で焼け死んだ男が手にしていた、陶器の欠片にあったものと同じ絵柄だったのである。

亀乃はその日の朝餉には膳についていた。

だが食は進まず箸もほとんど動かなかった。

もちろん、持ち前の笑顔も見られない。

ゆめ姫は亀乃の様子も案じられたが、今は信二郎に見た夢の話、皿の絵柄のことを伝えるべきだと思った。

「後で信二郎様にお話が――」

「わかりました」

信二郎はゆめ姫が朝餉の片づけを手伝い終えるまで待っていて、その後、二人で庭に出た。

「実は夜通し考え、それがしもあなたに確かめたいことがあったのです」

「まあ、そうでしたの」

「あなたの方からどうぞ。たぶんまた、夢を見たのでしょう」

「ええ、実は」

ゆめ姫は描いた絵を見せた。

「小菊の絵柄、これはひょっとして――」

信二郎は片袖にしまっていた、前にゆめ姫が描いた瀬戸物の欠片の絵を出した。

二人は見比べて同時に頷いた。

「同じものですね」

「まちがいありません」

「それにしても、綺麗《きれい》な絵柄ですね」

「夢の中のものは、色や金箔が付いていて、それは見事な出来映えのものでした」

ゆめ姫は大奥で好まれそうな逸品だとも思ったが、それはもちろん、口に出さなかった。

「焼き殺された吉兵衛はこれを手にしていたわけですね」

信二郎が訊《たず》ね、ゆめ姫は頷いた。

「吉兵衛は大店の瀬戸物屋の主です。主ならば、このような豪華な皿を使っていてもおかしくないでしょう。吉兵衛にこの皿は似合いです。けれども、吉兵衛とぼろは似合いませんよ」

「ぼろ？——夢の中の人が纏っていたもののことでしょうか」

「ええ、あなたは夢の中の吉兵衛が、穴の開いた、つぎはぎだらけのぼろを着ているのを見たと言いました。大店の主はぼろなど身につけることはあり得ません。昨夜から、そのことが、ずっと気になっていたのです。見間違いではないのですか。たとえば、着物が焼け焦げた跡だったとか——」

「いいえ」

ゆめ姫はきっぱりと言い切った。

「そんなことはありません。はっきりと穴やほつれを見たのです」

ゆめ姫はこと着物の穴やほつれについては自信があった。

御末《おすえ》（大奥の雑用係）たちが気づかずにいて上の者に見つかると、無礼、不作法だと、きつく叱られる様子を、子どもの時から何度となく見てきていたからである。

叱られる前にそっと注意してやることもあった。

「もう一つ、訊きます。夢の男の顔は汚れていたと言っていましたね。これも間違いありませんか」

「ええ」

「炎の煤《すす》が付いたようではなく？」

「汚れているだけではなく、何となく疲れているように見えました」

「ふーん」

腕組みして考えこんでしまった信二郎は、

「だとするとますますおかしい」

「それはまた、どうしてです？」

「大店の主は疲れた顔などしていないものだからですよ。そもそも、ぼろに汚れて疲れた顔の持ち主といったら、物乞いであることが多いものです。なにゆえに吉兵衛は物乞いの形《なり》をして、高価と思われる皿を手にしていたのか――それがしにはわからなくなりました」

この後、信二郎は奉行所に出仕すると、他に分からぬよう片隅に山崎を呼び出して、ゆめ姫が描いた皿の絵を見せた。

山崎はやはりまだ半信半疑ではあったが、番頭の小吉を呼んでこの絵を見せた。

「これはたしかに亡くなった旦那様が大事にされておられたものでした。美濃屋に代々伝わる名品でございます」

小吉はくわしい話をした。

「親子のねらいはその皿であったかもしれぬな。親子を詮議して、欠けた皿の在処《ありか》を白状させねばなるまい」

山崎は詮議がほどなく、〝責め〟と言われる拷問に及ぶことを仄《ほの》めかした。

信二郎は、

——これでは親子を救うどころか、かえって、酷《ひど》い目に遭わせているようなものだ——

たまらなくなって、ゆめ姫が見たという、物乞いの形をした、汚れて疲れた顔の吉兵衛の話をした。

「おかしなことだとは思わぬか」

聞いていた山崎は、ゆめ姫が描いた二枚の絵を見比べて、

「やすやすとは信じられる話ではないが」

ため息まじりに呟き、さらに吉兵衛が握っていた皿の欠片をながめて、

「まるで、出鱈目《でたらめ》というわけでもなかろうな」

さらに大きくふーっとため息をついた。


ゆめ姫は銀杏《いちょう》の根元に座って、白昼夢を見ていた。

隣には信二郎がいた。

見守ってくれている。

「もう、こうなったら、なにゆえに主が物乞いとやらの真似をしていたのか、今一度、夢に教えてもらうしかありません」

そうゆめ姫が言いだしたからであった。

夢の中で後ろ姿の男が炎に包まれようとしている。

ゆめ姫は慎重に着物を確かめた。何と上質の大島紬《おおしまつむぎ》である。穴やつぎはぎは見られない。

――わらわとしたことが。見間違いだったのか――

男の手には瀬戸物の欠片ではなく、一枚の皿がある。

ゆめ姫は目を凝らした。少女がお手玉で遊んでいる絵柄である。

少女の着物とお手玉の一つが同じ絵柄、紫地に白い小菊であった。

――前に見たものと同じだわ。でも、どうして、繰り返し見せてくるのかしら――

男の身体が炎に包まれた。もはや、着物も手にしている皿も見えない。

〝助けてくれえ〟

叫び声が聞こえた。

その声は一度聞いたら忘れられないほど、悲痛なものであった。

〝熱い、熱い、助けてくれえ〟

しかし、そう叫んで振り返った顔は、汚れてもいなければ、疲れてもいなかった。

つやつやしている。にやにやと喜んでいるような得心の笑顔であった。

虫酸が走るとはこのことかと思われる、何とも嫌な顔だった。

ここでゆめ姫は夢から醒めた。

身体が熱かった。

少し熱が出てきているのかもしれないと思いつつ、

「顔が赤い、大丈夫ですか？」

信二郎に案じられても、首を振って、信二郎が差し出した紙に、今見たばかりの男の顔を描いた。

——ぞっとするような顔だけれども、これほど特徴があると、藤尾に頼らずともわらわでも描ける——

出来上がった男の顔は肉厚で四角く、眉は太く、鼻も大きく、唇まで厚い。笑った顔の開いた唇から覗いている犬歯は、牙《きば》のように長く鋭かった。

「これは物乞いの顔ではないな。この顔でぼろなど着るまい」

信二郎はつくづくとその顔をながめた。

「穴やほつれのない大島紬でした」

「となると——」

「わたくしが着物や顔を見間違っていたことになります。けれども、〝助けてくれ〟という声だけは、以前の夢と同じものでした」

「どういうことだろう」

信二郎は腕組みをし、

「わかりません」

ゆめ姫は心もとない表情になった。

そこへ、

「信二郎、信二郎、いるのは銀杏の木の下ですね」

亀乃の呼ぶ声が聞こえた。

信二郎がその通りだと大声で返事をすると、ほどなく、亀乃に案内されて山崎正重が姿を現した。

「何でもお急ぎの御用だとか」

息を切らしている山崎は、

「多少の朗報を――持参いたしました」

途切れ途切れに言った。

亀乃がその場を辞そうとすると、

「いや、ご母堂様もここにおいでください。是非とも話を聞いていただきたいのです」

引き止めて、

「実は今朝、吉兵衛の妾《めかけ》だと名乗る女が奉行所にやってきました。おもんという名のまだ若い女です。おもんは囲い者とはいえ、吝嗇な吉兵衛は月々の手当もやっとの渋い旦那《だんな》だったようです。そんな事情ゆえ、おもんに蓄えはなく、天涯孤独の身の上で、一人の親戚《しんせき》縁者もいません。それで、おもんはこの先、どうしたらいいかわからなくなり、筋違いなのは承知で奉行所に相談にやってきたのです。とはいえ、如何《いか》に吉兵衛が吝嗇とはいうものの、旦那は旦那、男女の情を通じ合った仲です。話しているうちに、泣き出して取り乱したおもんは、とうとう、〝旦那様は死んでなんぞいない〟と言いだしました。いくらこちらが、そんなことはないと言っても聞く耳を持ちません。思えばこの女には吉兵衛一人が頼りだったのだと、気の毒に思いはしましたが、ここはすっぱり諦《あきら》めさせるのもお上の情けのうちと心得て、焼けた吉兵衛の遺骸を見せました」

「なんて酷い」

ゆめ姫と亀乃は顔をしかめた。

「それで」

信二郎は先を促した。

「遺骸は顔と着物が焼け焦げて、正体がわからなくなっていましたが、腹のあたりは焼けていませんでした。遺骸を見たおもんは、〝やはりこれは旦那様ではない〟と言うのです。くわしく訊くと、吉兵衛の腹には赤い蝮《まむし》を想わせる大きな痣《あざ》があったそうです。たしかにその遺骸に赤痣はありませんでした」

「情を通じたことのある者の言だ。間違いなかろう」

信二郎は大きく頷いた。

「となると、焼け焦げた遺骸は吉兵衛のものではないということになりますね」

ゆめ姫の問い掛けに首を縦にした山崎は、

「これで、詮議は振り出しに戻りました。遺骸が吉兵衛でなければ、何のために親子が付け火をしたのか、追及のしようがありません」

「それでは二人はお解き放ちになるのですね」

亀乃はほっとして呟いたが、

「いや、まだです。吉兵衛と思われていた、死んだ男が誰なのか、どうして、男は美濃屋に居て焼き殺されたのかがわからないと――」

「つまり、何としても、付け火をした奴を捕らえねばならぬわけか」

吐き出すように言った信二郎は、

――これでは、とりあえず付け火だけは、親子の仕業だったということにされかねないではないか、何が朗報なものか――

心の中で山崎を罵《ののし》った。

ゆめ姫は、

――焼き殺されたのは吉兵衛ではなかった。吉兵衛ではないのに、夢の中で焼き殺されようとしていた人は、吉兵衛が手にしていたお皿の欠片を持っていた。これはなぜかしら――

さらに、

――どうして、さっき、炎の中に大島紬の着物やお皿、あんな顔が見えたのかしら――

はっとした。

「これを見てください」

ゆめ姫は信二郎を促して、手にしていた紙を山崎の目の前に広げた。

「これは美濃屋吉兵衛だ。この癖のある顔に見覚えがある。間違いない」

興奮状態の山崎は即座に断じた。

ゆめ姫は再び、銀杏の木の根元に吸いよせられるように座ると、目を閉じ、

〝自分が死んだことに見せかけるため、わざわざ家宝の皿を割って、その欠片を手に握らせたのは吉兵衛です。わたしは吉兵衛に焼き殺されたのです。吉兵衛は生きています。どうか、吉兵衛を捕らえてください〟

野太い男の声で言った。


生きていた吉兵衛は品川で見つかった。

名を変えて暮らしていたのである。

わかったのは、たまたま吉兵衛の同業者が旅からの帰りに品川宿に立ち寄り、湯屋で吉兵衛に会い、特徴ある赤痣も同じだったことから、江戸に戻って、死んだと聞かされると、当初は〝嘘だ、そんなはずはない〟と言い、次には、〝それなら、幽霊だ、幽霊だ〟と大騒ぎしたからである。

欲が高じて相場に手を出した吉兵衛は、大失敗して多額の借金を背負っていた。

吉兵衛はその借金を返したくない一心で、自分を死んだと見せかけることにした。

身代わりは美濃屋から離れた深川から、自分と背格好の似た物乞いの一人を言葉巧みに誘い、店に連れてきて酒に毒を混ぜて殺し、顔を焼いて、自分だという証の瀬戸の欠片を握らせたのだという。

お光と勝次の親子の付け火に仕立て上げようとしたのも、もちろん吉兵衛の企みである。

かねてから、自分の意のままにならないお光に恨みがあって、勝次もろとも、これ以上はないほどの酷い目に遭わせてやりたいほど憎かったのだと、吉兵衛は白状した。

お光と勝次は晴れて解き放ちになり、強欲にして冷酷無比な吉兵衛は火刑となった。


池本家に挨拶に来たお光は、美濃屋が焼けた当夜、吉兵衛のもとへ出かけて行った勝次が案じられてならず、そっと後を尾行《つけ》たことを亀乃に黙っていたことを、まず詫びた。

亀乃が、

「全部すみましたね。ご苦労様。ほんとうに大変でした――」

ねぎらいの言葉をかけると、

「実をいうと、勝次がお縄になってからというもの、毎夜、夢枕に吉兵衛が立って笑っていたのです。あの時は生きていたのですから、生き霊だったのでしょう。とても嫌な笑いで、勝ち誇ったように嘲笑《あざわら》っていました。吉兵衛は生き霊になれるぐらい、恐ろしい相手です、あの世へ行っても、あたしたちに取り憑《つ》いてくるのではと、不安でなりません」

青い顔で本音を洩らした。

一方ゆめ姫は、吉兵衛に殺された、名も素性もわからぬ男のために一心に祈った。

すると夢を見た。

ぼろを着た男が大島紬の吉兵衛と並んで立っている。吉兵衛はもう笑ってはいない。苦虫を嚙みつぶしたような顔で、時折、ぎろりと男を睨みつけている。

男がゆめ姫に気がついた。

〝ありがとう〟

男は深々と頭を下げながら、片腕を上げた。ただし、上がったのは男の片腕だけではなかった。

吉兵衛の片腕もぴんと一緒に跳ね上がった。二人の腕はぼろの切れ端でしっかりと結びついていた。

〝うーん〟

吉兵衛は怒りのうなり声を発したが、男の方は微笑している。その顔は汚れてはいたが、疲れているようには見えなかった。

男の声が聞こえた。

〝金輪際、極悪非道のこいつを自由にはさせない。だから、もう、大丈夫〟

男は再び、結びついている手を大仰にかざした。

夢から醒めたゆめ姫はまた一心に祈った。

その夢の話を信二郎にすると、

「死霊がそこまでできるのは、やはり小豆のせいかもしれないな」

呟いた。

思えば絵皿に描かれていたお手玉の中身は小豆であった。

ゆめ姫は、

——あの人にも元は家族がいて、お手玉で遊ぶ女の子の父親だったのかもしれない——

ふと、そんな風に思った。

第二話　ゆめ姫は妖《あやかし》の謎を解く

一

夕刻近くにそよそよと庭から渡ってくる風が待ち遠しい。大奥西の丸の広縁からは、気持ちよく晴れた青い空と鮮やかな新緑が見渡せる。

夏の盛りであった。

ゆめ姫は大奥に帰ってきている。

大奥と池本家との行き来が目立たぬようにと、ゆめ姫の部屋は西の丸に移されている。

「姫様、出来ましてございます」

ゆめ姫付き中臈《ちゆうろう》の藤尾が、大きな高坏《たかつき》を恭しく掲げ持って入ってきた。

盛り上げてあるのは、蒸し上がったばかりのふくれまんじゅうであった。

「美味《おい》しいでしょう？」

姫はまんじゅうを一つ手に取って、早速ほおばった。

「本当に美味しゅうございます」

藤尾も夢中で食べている。

「昨日は芋餡《いもあん》、今日のは小豆餡、どちらもなかなかでございますね」

作り方を教えてくれた亀乃の話では、甘酒で小麦粉を煉《ね》り込むふくれまんじゅうの中身は、たいていが芋餡なのだが、池本家では小豆餡を入れることもあるというので、今日は目先を変えてみたのである。

「それはそうなのですが」

ゆめ姫はふっと、物足らなそうな顔をした。

「おや、姫様はお飽きになったのですか。昨日、今日といただいておりますが、わたくしはまだ飽きてはおりません」

「ふくれまんじゅうのお味のことではありません」

姫は苦笑した。

「でも、何かご不満なご様子ですよ」

藤尾はゆめ姫の表情を読むのが上手だった。

「不満ということはないのだけれど――」

思わず大きくため息をついて、

「わらわはここへ戻ってきてからというもの、一度も夢を見ていません」

「結構なことではございませんか。姫様の夢はほかの方々の他愛もない夢とは違います。無念を訴える亡者の声や、過ぎし日のこと、先々の出来事が報《しら》される、特別な夢なのでございましょうから、始終、夢を見ていてはお身体《からだ》に障ります。ここへ戻っておいでになっている時ぐらい、夢など見ない方がよろしいのですよ」

「そうは言っても、もう、十日も見ていないのですよ」

西の丸は側室たちが仕えた将軍の死後、髪を下ろして住まう場所でもあった。

将軍の死をもって、正室、側室たちの寵《ちょう》を奪い合う闘いは終わる。

大奥での女たちの嫉《しっ》妬《と》や妄執もここに到れば、綺《き》麗《れい》さっぱり露となって消え失せているのか、無念や執念を訴える霊は、一体もさまよっていなかった。

緑が冴《さ》える静かな庭には一筋の太い光が差していて、それがまるで、死者たちの安らかな成仏を示しているかのようだった。

「まさか、退屈されているのでは？」

「そんなことはありませんよ」

ゆめ姫はあわてて打ち消した。

「無念の訴えが恋しいわけではないわ、ただ、こんなことをしていていいのかと――」

「何かお気にかかっていることでもおありなのですか」

藤尾は心配そうに訊《き》いた。

「ええ、実は――」

姫は市中でよく耳にした、子どもの神隠しについて洩《も》らした。

「方忠の屋敷に居ると、夢の中でしくしくと泣く子どもの声が聞こえてきました」

「当世、人攫《ひとさら》いに掠《さら》われた子どもがどうなるかは、前に祖母に聞かされたことがございます」

藤尾は顔を曇らせた。

「子どもたちはどうなるのかしら？」

「わたくしが手習いに通っていた、六つか七つの頃だったと思います。寄り道をして帰ったことがあるのです。その時、母には叱《しか》りつけられる一方でしたが、祖母は人攫いに掠われた子どもたちが、その先どうなるかの話をしてくれたのです。世の中では神隠しなぞと言ってるが、本当に神様の元に行けるなんて思ってはいけない、掠われた子たちが掏摸《すり》や泥棒の手先にさせられるのはまだいい方で、女の子なら、一生、苦界といわれる女の操を売る仕事をさせられる。男女を問わず、赤子の場合は、すぐに殺されて生き肝を抜かれてしまうと、祖母は怖い顔で諭すように申したのです。それでわたくしは、人攫いに遭ったら、二度と親の顔は見られないのだと思い、どのようなことがあっても、二度と寄り道はいたしませんでした」

黙って話を聞いていたゆめ姫は、

「つまり、広い世の中には酷《ひど》いことをする悪い人たちがいて、酷い目に遭う気の毒な人たちも多いということですね」

「それはもう——」

「わらわが気になっているのは、ここに居て夢を見ないと、気の毒な方々をお助けすることができないということなのです」

「姫様は何と貴いお心なのでしょう」

　藤尾は急にひれ伏した。

「御先祖様の大権現様（徳川家康）にそうせよと背中を押される夢も見ました」

「そこまで姫様が善行に目覚めておいでだったとは、この藤尾、不覚にも気がつきませんでした。もしかして、お背中には大権現様の御霊がずっとついておいでなのでは？　だとしたら、ご無礼の程、深く深くお詫《わ》び申し上げます、この通りでございます」

「大袈裟《おおげさ》な。藤尾、面《おもて》を上げなさい」

「そうではございますが」

　恐る恐る顔を上げた藤尾は、まだ、姫の背中を凝視している。

「ここに大権現様など御座《おわ》しませんよ、わらわは、ただ大権現様のお導きに従わせていただきたいと思っているだけなのです。それにはここにこうしているばかりでは――」

　ゆめ姫は深いため息をついた。

「姫様のお気持ちはよくわかりました。けれども、今回、御側用人《おそばようにん》の池本方忠様のお屋敷に文を届けて、ここへお戻りになるようにおっしゃったのはあの方でございますから」

「そうでしたね」

「浦路《うらじ》様からならまだしも、あの御方《おかた》からとなりますと――」

「御義母上《おははうえ》様ですから」

ゆめ姫が母上と呼ぶ相手は二人いる。

一人は生みの母で早世したお菊の方である。

もう一人は父将軍の正室三津姫《みとひめ》であった。年端も行かずに父将軍と夫婦になった三津姫も、今では将軍共々白髪の老境にあった。

「御台様《みだい》には、あの浦路様でさえも何もおっしゃることができぬと皆が申しております。御側室の方々も、御台様だけには、今まで誰一人として、頭を上げようとはしなかったとか——」

将軍御台所となり、大奥に入った三津姫は西国の島田家《しまだ》の姫であった。

島田家といえば外様《とざま》ながら石高が高く、今時珍しく藩の財政が潤っていると評判の大藩である。

「聡明な御方ですものね」

三津姫は短期間、京の京泉家《きようぜい》の養女となってから、徳川《とくがわ》の正室に迎えられた。

公家《くげ》のたしなみである、和歌や香道に加えて、万葉集、古今集、源氏物語などの名作の解読が試された際、〝これほど飲み込みがよい女人は京にもなかなかいない〟と、その筋の大家と称される面々に舌を巻かせたほどであった。

三津姫の頭はたいそう切れ味が良かった。

「それに形だけの御台様でもございませんし」

藤尾は大きく頷《うなず》いた。

歴代の御台所には子のない女人が多く、子宝に恵まれないと、どうしても高いのは位ばかりということになるのだったが、三津姫は将軍との間に二人の男児と二人の女児を産んでいた。

「姫様方は幼くしてみまかられたので、ゆめ姫様のことを孫娘のようだとおっしゃっておいでですね」

「有り難いお言葉ではありますけれど」

――御台様にお目をかけていただいているのは、栄えあることだけれど、浦路より手強いのは困ったものだわ――

「御台様は、わらわをここへ戻して、いったい、どうしようとなさるおつもりなのでしょうか」

ゆめ姫には皆目見当がつかなかった。

「御台様はお実家《さと》思いでおいでです」

藤尾はしたり顔になった。

「島田家のことですね」

姫は首をかしげるばかりである。

「島田家の御嫡男、義徳《よしのり》様は御台様の甥《おいご》御様です」

「それが何か？」

「御台様は姫様が慶斉様とのご縁組を延ばされたとお聞きになった時、〝でかした〟とおっしゃって喜んでおられました」

「まあ、では、わらわをその義徳様とやらの正室にとお考えなのですね」

「やっとおわかりになりましたか」

藤尾は苦笑した。

――姫様ったら、夢の謎解《なぞと》きなどはすらすらとなされるというのに、こういうことになると、何と鈍いのだろう――

「〝でかした〟というお言葉を聞いた御台様付きの者たちが、あちこちでしばらく噂《うわさ》していたのですよ。もしかして、ゆめ姫様は義徳様の島田家へ嫁がれるかもしれない、そうなると、果たして慶斉様は将軍職に就くことがお出来になるのだろうか？　これは慶斉様を将軍職に就けたくない者たちの隠謀ではないかとまで――。わたくしなど、真相はどうなのかと、あちこちでしつこく訊かれたものでございました」

「でも、わらわは、もう父上のお許しを得て西の丸に移った身で、慶斉様との婚約も破棄などしていません。これには時が必要だと思っているだけです」

「縁組みの引き延ばしは破棄に等しいとみなされているお方もいらっしゃいます。そのお方が浦路様を詰問し、姫様が池本様のお屋敷に起居なさっていることを、突き止められたのです」

「まあ――」

ゆめ姫の顔色が変わった。

「でも、父上のお許しをいただいているのですよ」

「今や、上様に怖いものがおありになるとしたら、御台様以外にございません」

「それでは大権現様のお言葉を伝えて――いいえ、大権現様から直にお伝えいただければ、きっと御義母上様も――」

しどろもどろのゆめ姫を尻目に、

「この世におられない大権現様のお言葉を賜わることができるのは、姫様の夢の中でだけでございましょう？　御台様にご意見申しあげることなどできはしません。それに何より、御台様のお実家からの献上の品々が、大奥のみならず、お城を動かしているのだと耳にしたことがございます。きっとあの世の大権現様はこのことも御存じのはずです」

藤尾は言い切って、大きなため息をついた。

――大変‼　わらわはここで、御義母上様に囚《とら》われかけているのだわ――

ゆめ姫はやっと事態の深刻さに気がついた。

二

その翌日、ゆめ姫は三津姫の起居する、江戸城本丸大奥へと呼び出された。

「ゆめ姫様、よくいらっしゃいました。さぞや、なつかしいことと思い、お誘いしたのですよ」

三津姫は細面の上品な顔に微笑《ほほえ》みを浮かべた。

ゆめ姫は御台所である義母への目通りとあって、形式に則《のっと》った姿であり、堅苦しいこと、この上なかった。

生来、ゆめ姫は見え透いた相づちが苦手であった。

それで何と答えてよいものか、言葉を探していると、

「それとも、ここなどもうお忘れになりましたか」

三津姫の切れ長の目がきらっと光った。

「そうではないのですが、何だか今日はことのほか暑くて――」

姫は本音の半分を口にした。

「それでは、風を送ってさしあげましょう」

三津姫は近くに控えている部屋子に目くばせした。

「はい、ただ今」

かしこまっていた三人がいっせいに扇子を取り出して扇《あお》ぎ始めて、これでいくらかは涼しくなった。

「扇ぐのは一人でよい」

三津姫はきんと耳をつく高い声で叱った。

「それより、あれを持て」

「わ、わかりましてございます」

二人は扇子をしまうとあたふたと立ち上がり、下がった。

「ところで、そなたは西の丸で、ふくれまんじゅうとかいう、面白い菓子を拵《こしら》えているそうですね」

――藤尾が聞いたら腹を立てて、当たり散らしそうだわ――

どんなに固く口止めしても、西の丸の女たちの口から、いつ何を食べたか何をしていたかなど、ゆめ姫についての話が外へ洩れるのであった。

なぜ、方忠のところにいることを教えてしまったのかと、一時、浦路を恨んだ姫だったが、

――ふくれまんじゅう一つでもお耳に入るのだとしたら、わらわが西の丸を長く、留守にすることがわかってしまうのも、仕方のないことだわ――

観念した。

するとそこへ、大きな高坏が運ばれてきた。

載っているのは、真っ白で饅頭《まんじゅう》と呼ぶにはあまりに上品な風情の菓子であった。

そこはかとなく甘い香りが漂ってきている。

「召し上がれ」

促されて、姫は口へ運んだ。

「まあ」

口の中で甘い雪が溶けたかのようであった。ふんわりと舌に心地よい。

「美味しいこと」

知らずとうっとりと目を細めていた。

「これはかるかんと言う名のお菓子です。そなたのふくれまんじゅうはたいそう美味だということですが、わらわの故郷《くに》にも美味な菓子はあるのです。山芋をすり下ろし、水と砂糖、米の粉を混ぜて作るのですよ。元禄《げんろく》の頃からずっと作られ続けてきています」

「それに何より――」

部屋子の一人が口を開いた。

「これは、御台様が大奥のご膳所《ぜんしょ》に立たれ、ゆめ姫様のためにと、手ずからお作りになったものでございます」

「かたじけのうございます」

感激した姫は深々と頭《こうべ》を垂れた。

「何と御礼を申し上げたらよろしいか――」

「御礼は結構です」

三津姫はまた微笑んだが、その目はきりりとゆめ姫を見据えていた。

「大奥は噂話の好きなところ、わらわの想《おも》いはもうそなたに伝わっているはずです。上様にも申し上げましたが、わらわはそなたにはいずれ、かるかんの美味しい、我が故郷の島田家へ嫁いでほしいのです」

「されど御義母上様、わたくしの夢枕に大権現様が立たれました」

ゆめ姫はあえて、慶斉との婚約のことは口にしなかった。

「授かった力を大事にせよ、人助けに役立てよとのことでした」

生まれもって備わっている夢力のことを、隠し立てする気はなかった。

「そのことなら、上様や浦路、それから側用人の池本からも聞きました。皆、そなたが夢力を使って、難局を乗り越えたり、困っている人を助けるのを見てきたとか――。けれど、わらわはまだ信じられません。そなたのように明るく聡明な女子《おなご》に、皆が口を揃《そろ》えていうような恐ろしい力があるだなんて――」

三津姫は眉《まゆ》をひそめた。

「恐ろしい力ではございません」

「でも、この世の者ではない者たちと話ができるというのでしょう？」

「亡き生母《はは》上がわらわの助けをもとめている方を見せてくださるのです」

「今、この場でそなたの夢力とやらを見たい」

三津姫のよく光る目がぎらりと光った。

「いいえ、それはできません。力を必要としているお方がいなければ、夢は見ません。見世物ではございません」

ゆめ姫は首を横に振った。

「わらわが見たいと申しておるのに、証《あかし》を見せぬとあらば、そなたの力など信じることなどできはしませんね」

三津姫は突き放すような物言いをして、控えている部屋子たちの方を見た。

女中たちは皆大きく頷いてゆめ姫から顔を背けた。

――何と御義母上様を怒らせてしまった。これでは、わらわの夢力は偽りであるだけでなく、力など無いわらわが城外に出ることなどもってのほかと、父上様にお話しになるかもしれない、まずい――

「どうか、わたくしに証を立てさせてください。この通りでございます」

ゆめ姫はあわてて三津姫の前にひれ伏した。

「御義母上様がお気にかけておられる、亡き方たちの夢なら見ることができるかもしれません」

この言葉を聞いて、三津姫はにっこりと微笑んだ。

「それでは、亡き子どもたちに会わせてくれますね」

三津姫は成人した二人の若君のほかに、幼くして病死した二人の姫の母親であった。

「会いたい、会いたいと長年想ってきたのですが、夢枕《ゆめまくら》にも立ってくれません」

「松姫《まつひめ》様、竹姫《たけひめ》様、の姉上様方ですね」

姉姫たちが世を去ったのは、ゆめ姫が生まれる前のことであったが、なぜか、姫にはこの二人の名がどこからともなく聞こえてきた。

「まあ」

部屋子たちは一瞬どよめいたが、三津姫は頷いただけで、

「姫たちの名なら、大奥祐筆《ゆうひつ》の花島《はなじま》に訊けばわかることです」

姫が言い当てたことに感心はしなかった。

そこでゆめ姫は、城と池本家、両方に植えられている大銀杏《おおいちょう》を頭に描いて、静かに目を閉じた。

見慣れた西の丸の庭が見えている。

いつものように緑が茂り、空から一筋の光が射《さ》している。

ちゅん、ちゅん、ちゅんと可愛《かわい》らしく鳴く、雀《すずめ》の鳴き声が、

――雀ではない、雀ではない、あたしたち――

人の声に変わって、ゆめ姫は目を開けた。

「姫たちに会ったのですか？」

「はい」

「わらわも会いたい」

三津姫の思い詰めた言葉には、母親ならではの子を想う親の情が溢《あふ》れていた。

「どうか、この母にも会わせてください、お願いです」

「それはできません」

姫は今、見たばかりの白昼夢について話した。

「姉上様たちの御霊は成仏されておられます。その証に雀の鳴き声はすれど姿はございませんでした」

——西の丸の庭のあの太い光は、天上へと続いているものだった——

「信じられません」

三津姫はぴくりと眉を上げていきりたった。

「我が姫たちが、母のわらわに会いたくないなどということが、あってなるものか——」

「それはこの世に心を残しておらぬ証、姉上様たちは安らかに成仏されているのです」

ゆめ姫は必死で慰めたが、

「もう、よい」

三津姫は眉間《みけん》に青筋も立てて、

「西の丸の庭がそっくりそのまま出てくる夢など、力の証にはなりません」

険のある目を向けてきた。

三

——御義母上様はどれだけ長く、早世した姉上様たちをお想いになってきたことか。よほど姉上様たちにお会いになりたいのだわ——

三津姫の胸中を察したゆめ姫はたじろがず、

「申しわけございません。わたくしにもできることと、できぬことがあるのです。御義母上様自身の御身《おんみ》に降りかかってきていて、お困りになっていることでしたら、何とかお助けできます。何かお困りのことがございましたら、おっしゃっていただけませんか」

「ほう、わらわの難儀をそなたが救ってくれるとでもいうのですか」

三津姫は意地悪げに流し目をくれた。

「はい」

「わかりました。たしかにわらわは今、大変難儀しています。そなたに力があって、見事難儀を救ってくれるなら、そなたの力を認め、島田家の義徳殿との婚儀、諦《あきら》めることといたしましょう。けれど、何に難儀しているかは言えません。なぜなら、そなたに力があれば、それが何なのか当てて見せることができるはずだからです」

「ありがとうございます」

ゆめ姫は頭を垂れたまま静かに目を閉じた。

髪を調えさせている三津姫が見えた。

〝なにゆえであろうか〟

眉をしかめている。

〝あれほど、しっくり合っていたというのに――〟

〝替えならございましょう〟

三津姫の長い髪を梳《す》いている部屋子の一人が言った。

〝ずいぶん試したがどれも今一つ――〟

〝お気のせいではございませんか？〟

もう一人は見事な蒔絵《まきえ》の櫛《くし》を手にしている。

〝とにかく、今一度お試しになってくださいませ〟

部屋子の一人が蒔絵の櫛を鏡台に置くといなくなった。そして、ほどなく、

〝このように、また新しいものをご用意いたしました。京から取り寄せた極上の品でございます〟

手にしてきた包みを開くと、出てきたのはかもじだった。

かもじとは切った髪を集めて、端を固く結わえたものである。

少なくなってきた自分の髪だけでは、ふっくらと上手に髷《まげ》が結えない、年を経た三津姫のような身には欠かせないものであった。

――御義母上はかもじでお悩みなのだわ――

白昼夢の中の三津姫は、ちらりと京より届いたかもじを見ただけで、

〝長く揃っていて、艶々《つやつや》と綺麗な長かもじではあるが、どうも気に染まぬ。第一、わらわの髪とは質《たち》が違いすぎる。太すぎると必ず固い。わらわは使い慣れたあのいつものかもじがよい。絹のようなあの触り心地。あれはわらわの髪にとてもよく似ていた――〟

すぐに顔をそむけた。

〝そうおっしゃられても、あのかもじはよろしくございません。御台様のお身体に障ります〟

〝しかし、水に浸《つ》けもせぬのに、どうしてあのかもじが濡《ぬ》れたのだろうか。何かよくないものでも取り憑《つ》いてしまったのか？〟

〝よくないものなどと縁起でもございません。あれは御台様がお気に入られて始終、お使いになったせいで、布が摺《す》り切れるようにくたびれてしまったのです〟

〝くたびれただけで濡れることなどありはせぬぞ〟

〝それはそうでございますが〟

部屋子たちは困惑しきった顔で、不機嫌な三津姫を見つめた。

そこで白昼夢が途切れた。

目を開いたゆめ姫の前に、三津姫以下、夢に出てきていた面々が座っている。

「御義母上様は使い慣れたかもじが濡れたのを嘆いておいでです」

姫が言い当てると、三津姫も部屋子たちもぎょっとして顔を見合わせた。

三津姫はまずは部屋子たちを一睨《ひとにら》みして、

「そなたたち、何たる軽口なことか――」

ぴしりと打つような声で言い、部屋子たちが口々に、

「話してなどおりません」

そう告げて、首をすくめるようにうつむくのを見ると、今度はゆめ姫に迫った。

「そなた、どこからそんなことを――」

「どこからも聞いてはおりません。今、うたかたの夢で見たのです。真にございます」

この時、ほんの一瞬、姫が瞬きすると、大奥の裏庭にある柘植《つげ》の木が見えた。

木の根元には穴が掘られていて、中にはかもじが見えている。

そのかもじは濡れそぼっているようにも見えた。近くに女物の草履の跡が二つ——。

「信じられません」

三津姫は決して認めなかった。

「ならば、申し上げましょう。御義母上様は以前ご愛用になっておられたかもじがどこにあるか、ご存じでしょうか？」

「もう使うことはできないのでしょうが、何とも愛着があって、わらわの衣装部屋に置いてあります。陽《ひ》に当てて乾かしても乾かしても、繰り返し濡れるので、漆《うるし》の箱に入れてしまってあるのです。そのことさえわからないのでは、そなたの力など知れたもの——」

三津姫は意地悪い笑みを浮かべた。

「そのかもじ、もうその漆の箱の中にはありません。別の漆の箱に入れ、裏庭の柘植の木の下に埋められてしまっています」

ゆめ姫のこの一言に、

「申しわけございません」

夢で三津姫の髪を梳き、櫛を手にしていた二人の部屋子があわててひれ伏した。

髪を梳いていた方は、

「濡れ続けるかもじは何とも不吉でございます。御台様が他のかもじをお気に召さず、大事にお持ちになっておられるのも、かもじに憑いた魔物のなせる業と危惧《きぐ》いたしました。二人だけで話し合い、御台様をお守りするには、いわくつきのかもじを始末するしかないということになって、お庭に埋めました。焼くことも考えたのですが、魔物の中には火では退治できぬものもあると、どこぞで聞いたことがあり、まずは御台様から遠ざけ、様子を見て、菩提寺《ぼだいじ》に納めて供養していただくことにしたのです」

　涙ながらに言い、

「柘植の木の下に決めたのはわたくしです。御台様の櫛はどれも柘植で作られていたからでございます。櫛もかもじも御台様のお髪《ぐし》に触れていたものゆえ、柘植の木の下に埋めるのがよろしいかと――」

　櫛を手にしていた方が言葉を足した。

「そなたたち――」

　三津姫は驚きと動揺を隠せなかった。

「よかれと思っていたしたことなのですが、あのかもじを埋めてからというもの、御台様のそのかもじへのお気持ちは、募る一方のご様子で、どうしたものかと――」

　二人は不安そうに目と目を合わせた。

　この時ゆめ姫は瞬きをしてみた。

　柘植の木の根元に大きな水たまりが見えた。

「もしや、埋めたりしたのが悪かったのかと――。古びたものには物の怪が憑くと申します。かもじに取り憑いていた物の怪が、御台様のお心を惑わせて悪さを働こうとしているのかも――」

髪を梳いていた部屋子の顔は怯《おび》えている。

「そのかもじ、掘り出して、見せていただけませんか」

ゆめ姫は二人に頼んだ。

「でも――」

「そんなことをしては――」

躊躇《ためら》う二人に、

「ゆめ姫の申す通りにするのです」

三津姫が厳しい声で叱った。

「第一、わらわの許しもなくなした、そなたたちの勝手な振る舞いが招いたことではありませんか、さっさとしなさい」

「は、はい」

「わかりましてございます」

しばらくして、ぐっしょりと濡れたかもじが漆の箱ごと、三津姫の元に届けられた。

「埋めてから、ずっと雨はありませんでしたのに、このように――」

二人の顔は真っ青である。

漆の箱を手に取り蓋《ふた》を開けた三津姫は、

「このような姿になって――」

愛《いと》おしいものの不運を嘆くかのようにため息をついた。

「どうか、わたくしにもお見せください」

ゆめ姫は三津姫の手にある漆の箱に手を伸ばした。

箱を手にして、中のかもじに触れると、知らずと瞬きし、盥《たらい》に水を張って、見事な黒髪を洗っている娘の姿が目に焼き付いた。

「庭に埋めたりしなければ、このような哀れな姿にはならなかったものを」

二人をきつく睨みかけた三津姫に、

「御義母上様、このかもじが濡れ続けるのは、庭に埋めたからではありません。濡れることで、何かを伝えたいからです。ですから、どうか二人をこれ以上叱らないでやっていただけませんか。もとより、御義母上様の御身を思ってしたことなのですから」

「そなた、何が見えたのです？」

三津姫はゆめ姫の力を信じ始めていた。

「髪を洗っている娘御です」

ゆめ姫は見えたままを伝えた。

「それだけ？」

「ええ、今のところはそれだけでございます。夢が何もかも一度に伝えてくれるなどということはありません。もう、しばらくお待ちくださいませ」

三津姫は姫の言葉に頷いて、

「このかもじ、洗って綺麗に乾かすのです。そして、西の丸のゆめ姫のもとへ届けよ。枕元に置いて、かもじの言い分を聞いてもらうのです」

凛《りん》と大きく声を張った。

四

この夜、ゆめ姫は夢を見た。

——まあ、生母上様——

髪を洗っている若い娘の顔が母お菊の方に変わっている。

〝どうして、生母上が〟

夢の中で呟《つぶや》いたところで目が覚めた。

大奥総取締役の浦路が訪れたのは、翌朝、姫が朝餉《あさげ》を済ませてほどなくであった。

「これは浦路様」

前触れもなくやってきた浦路を迎えた藤尾はあわてた。

「ただ今、姫様にお伝えしてまいります」

「ゆめ姫様、お久しゅうございますね」

浦路はにこやかな笑みを浮かべて部屋に入ってきた。

「浦路もつつがない様子何よりです」

「御台様がお呼びにならないとお戻りにならないとは、よほど池本殿の屋敷は楽しいところなのでしょう」

——それはもちろん、そうだけれど——

ゆめ姫はうっかり、その通りだと答えそうになったが、

「いろいろ学ぶことがあるのです」

無難に躱《かわ》すと、

「今、初めて気がついたのですが、浦路と御台様は目が似ていなくもないのですね、どちらも切れ長で、よく光って——」

思いつきを口にした。

「恐れ多いことでございます」

浦路は首を大きく横に振ると、

「わたくしごときを御台様とお比べになるなど、もってのほかにございます。姫様らしくもない、ご無礼にもほどがあります。粗野な物言いをなさるのは、やはり池本殿の屋敷などにいらしているからではありますまいか?」

次にはその首をかしげた。

——しくじってしまったわ——

仕損じたり失敗することを、しくじるとも言うことを姫が覚えたのは、信二郎に教わったからである。

初めてゆめ姫が亀乃の前でその言葉を使った時、

「しくじるは品のよい言葉ではございません。おおかた信二郎にでも教わったのでしょう

が、くれぐれもしくじると人前ではおっしゃってはいけませんよ。しくじると言って、舌打ちするなど決してなさらぬように」

珍しく咎《とが》められた。

——ここ西の丸に居ると、つい忘れていることもあるけれど、大奥は窮屈なところだったのだわ——

「西の丸におられるとあっても、ゆめ姫様が将軍家の姫様であることに、何ら変わりはないのです。本丸を離れたからといって、ご自覚のないことでは困ります」

浦路の説教が始まった。

「わかっております」

姫はふんわりと微笑んだ。

早く説教を切り上げてほしかったからである。

「ただわらわは、浦路も御義母上様もいつまでも美しいと、それだけを言いたかっただけなのですから」

「そうでしたか」

浦路の表情が和らいだ。

「お立場をおわかりになっておられるならよろしいのですが」

「言葉が拙《つたな》く心配をかけました」

「これからはお気をつけてくださいませ」

――やれやれ、やっと終わったわ――

心の中でほっと安堵《あんど》のため息をついたゆめ姫は、浦路の顔を見つめている。

――何か、用がなければ浦路が出向いてくることなどありはしない――

「姫様、実は――」

浦路は不安そうに眉を寄せている。

――そういえば、部屋に入ってきた時から、浦路の顔がやや青かった――

「昨日、急に御台様からお呼び出しがございました」

「わらわのことですね」

浦路は声を落として、

「大奥は噂の多いところでございますが、御台様のかもじのことはこの浦路、まだ耳にしておりませんでした」

「かもじが濡れるという話でした」

「御台様はかもじに何か取り憑いているのだろうと、おっしゃっておられました。これから姫様の力が、かもじの秘密を暴くことになっていると――」

「御義母上様はそのように仰せでした」

「その手伝いをせよとわたくしは命じられました」

浦路は怯えた目をした。

――浦路には気の進まぬお役目なのだわ――

「取り憑くものの力は恐ろしいものでございます」

浦路の身体が震えている。

「ですが浦路、かもじに取り憑いているのが、悪いものだとは限らないのですよ」

姫は髪を洗っている娘が生母の顔に変わった、さっきの夢を思い出していた。

――これには生母上様が関わっている。生母上様は邪悪なことになど、決して手を貸したりなどしないはず――

「よいものであるはずがないのです」

浦路はきっぱりと言い切った。

「そのように言い切るところを見ると、浦路はそのかもじの髪が誰のものか、知っているのではありませんか？」

浦路は答える代わりに黙って下を向いた。

「長年、御台様がご愛用になったかもじの髪は、おふりという名の御末のものでございます」

御末とは大奥で一番身分の低い下働きである。

「おふりは見事な黒髪が自慢の元気な娘でございました。たしか、お菊の方様が目をおかけになっていたと思います」

――それで生母上様が――

ゆめ姫は納得した。

「おふりはぱっちりと目が大きく、やや色黒で背が高く、とうてい上様のお好みではございませんでした」

──たしかにそうだったわ──

髪を洗っていた娘は美女というよりも、美丈夫の若武者といってもおかしくない印象であった。

「ですが、どういう弾みか、上様がおふりをお見初めになられました。水汲《みずく》みなどきびきびと仕事をこなしている様子が何とも、活き活きしていて好ましいとおっしゃったのです。そのほかにも──」

言いかけて浦路は頬を染めて口をつぐんだ。

「そのほかにも何なのです？　話してくれないとかもじの秘密は探れないのですよ」

「おふりは女子に好かれているという噂話を、上様が耳になされて面白く思われたのです」

浦路は耳まで真っ赤になった。

──本当に、父上の色好みには呆《あき》れるばかりだわ──

「それでおふりは父上様に召されたのですか？」

「女子に好かれているという話は根も葉もないこととわかりましたが、おふりには床の中で粗相（夜尿症）の癖があるとのことで、召されることなく暇を出されたのです。〝如何《いか》に物好きなわしでも、粗相癖だけは興ざめだ、粗相癖持ちでは満足な夜伽《よとぎ》は務まるまい、仕方ない、おふりのことは諦めよう〟と、この話を聞いた上様は苦笑いをなさったそうです」

「おふりはその後、どうしているかわかりますか？」

「いいえ、皆目。ただし、おふりの実の父親は身分卑しき庭師です。大奥にご奉公に上がれたのは、黒髪とそこそこの器量よりも、女子には珍しい、力のありそうな大柄を見込まれたのだと聞いております。ですから、おふりの生家《さと》では、おふりが側室になれるかもしれないと大喜びしたはずです。何回か召されて、側室におさまって、上様との御子をなせば、おふりは生家のめんどうを見ることもできたことでしょう。ところが粗相癖が禍《わざわい》してそうはなりませんでした。その後、おふりに人が羨《うらや》むような先行きが待っていたとは、とうてい思えません。どのみち、おふりは粗相の癖を上様にお伝えした御台様を恨んでいるはずです」

「それで、かもじに取り憑いているのは、よい霊であるわけがないというのですね」

「左様にございます」

「そのようなこと、御義母上様が直々に父上様にお伝えになるとは――」

――こればかりは、御義母上様には似合わぬ、はしたないことのように思えるけれど
「もう十五年は前のことになりますから、御台様も今と違って、胸中穏やかでないこともおありだったのだと思います」

五

「その頃、御義母上様はこのようなことをほかにも？」

「ええ、その頃はたびたび。上様が夜伽にと望まれた女子を、上様にふさわしいかどうか、吟味なさっておいででした。先にも申しましたように、その当時、御台様はすでに三十路《みそじ》をお過ぎになられて、大奥のしきたりで上様の褥をご辞退されておられましたが、女盛りであられました。上様が好まれる、若い女子たちへの想いも複雑であられたはずです」

――御義母上様は父上様のなさることに悩まされていたのだわ、何と罪作りなことを。

沢山の子を成して、徳川の血を絶やさないようにするのは、大権現様から伝えられてきた家訓だろうけれど、父上様までになると度が過ぎる。何しろ、わらわだって何人兄上、姉上がおいでなのか、数え出すのが大変なくらいなのだから――

姫は父将軍の好色漢ぶりに、呆れるのを通り越して腹が立ってきた。

――生母上様だって、召されて側室になどならなければ、早くに亡くなったりしなかったかもしれないし――

そう思うとますます、怒りがこみあげてきたゆめ姫だったが、むしゃくしゃした拍子に瞬きしていて、

〝ゆめ姫、それは間違いですよ、わたくしは幸せだったのですから〟

いつもとは異なり、生母の姿は見えなかったが声だけは聞こえた。

〝それに上様に召されなかったら、あなたはこの世にいなかったではありませんか〟

〝上様をお慕いする気持ちは御台様も同じはずです。上様は女子ならば誰でも添いたくなるほど、それはそうだと思っていると、
生母の言葉に、

──やれやれ──

姫は瞬きを止めて、

「ところで、なにゆえに御義母上様は、ご自分が遠ざけたおふりの髪で、かもじをお誂《あつら》えになったのでしょうか」

疑問をぶつけた。

「それは──」

浦路は一瞬、言い澱《よど》んだ。

「かもじがおふりの髪だということを、御台様はご存じありません」

「それではなぜ、おふりの見事な黒髪はかもじになったのでしょう？」

「粗相癖が理由で召されなくなったおふりは恥ずかしさのあまり、大奥に留《とど》まることができなくなり、お暇を頂くことになったのです。大奥は噂で成り立っているようなところでございますからね、もっともな成り行きだとわたくしは思います。その時、おふりは庭師の父親が病臥《びょうが》していて、たいそうな物入りゆえ、自分の髪を買ってもらえないかと、お菊

の方様に相談したそうです。かもじ屋に売るよりも、ここで引き取って頂いた方が、高い値をつけてもらえるのではと、おふりは期待していたとか——。たしかに、ここは常にきちんと装っていなければならない女の園です。薄毛で悩む者もおります。かもじは欠かせない髪道具です。おふりの目の付け所は至極もっともなもの、また、それほどおふりも困っていたのだと思います」

「おふりの髪で拵えたかもじが、御台様のお髪《ぐし》におさまった経緯《いきさつ》は？」

「御台様はもともと髪の少ないことを気にされておられました。お子様方をもうけられてからは、ますます気にされるようになって、おふりの居た頃にはもう、かもじが欠かせなかったのです。それでも、なかなか気に入ったかもじが見つからないと、いつも嘆いておいでだったのです」

「おふりのかもじはお気に召していたのですね」

「お菊の方様がおふりのものと言わずにお勧めしたところ、一目でお気に召されました。おつけになると、もう手放せなくなったご様子でした。量の多い少ないの違いがあるだけで、おふりと御台様の髪質が似ていることに気がついたわたくしが、お菊の方様にお尋ねしましたところ、〝浦路の目は欺けませんね〟とおっしゃって真実を話してくださいました。その時、わたくしとお菊の方様は、かもじの主の話は誰にも洩らすまい、と誓ったのです」

「かもじを御台様に勧めたのが生母上様なら、かもじによくないものなど憑いているわけがありません」

　ゆめ姫はそう言い切ったが、

「ですが、その時、上様はお菊の方様をたいそうご寵愛《ちょうあい》になっておられましたが、なにぶんお菊の方様は市井のご出身の上、御側室の身で――」

「生母上様にとって、御義母上様は目の上の瘤《こぶ》で邪魔だったというのですね」

「いいえ、決してそのようなことは。御台様、お菊の方様は互いの部屋を訪ね合って語らうほど仲はよろしかったのです。けれども、そんな間柄であればあるほど、ああでもない、こうでもないと根も葉もない噂や中傷で、部屋子同士は争いになるものです。特に御台様付きの方々は、お菊の方様の揚げ足ばかり取って喜んでいたのです。わたくしもどれだけ閉口したことか――」

　元を辿れば、浦路は生母お菊の方の部屋子の一人であった。

「かもじのことは、御台様の部屋子たちの仕掛けた罠だったというのですね」

「そうとしか考えられません。部屋子たちは〝御台様のお悩みを何とかしてさしあげてほしい〟と、直にお菊の方様のお耳に入れていたのだと思います。これぱかりは迂闊《うかつ》にも、この浦路、存じておりませんでした。他人《ひと》を疑うことのないお菊の方様は、おふりの髪を買ってほしいとの願いに応じ、かもじにして御台様に献上なさったのでしょう。このあたりもわたくしに相談はなく、後に伺って切ない思いがいたしました」

「御義母上様がおふりの粗相癖を父上に話して、夜伽を止めさせたことを、生母上様はご存じなかったのかしら？」

「それはご存じでおられたはずです。わたくしが申し上げましたから」

「その時、生母上様は？」

「まあ、それはお気の毒なとおっしゃって、目をお伏せになりました」

「それだけ？」

「それだけでございます。もともと噂話に興じるような御方ではございませんゆえ」

「御義母上様のせいで夜伽が取り止めになったおふりが、御台様を恨むようなことがあるとは、生母上様はお考えにならなかったのかしら」

――万事に慎重な生母上様らしくない――

「それはわたくしもいささかおかしいと、実は今でも不思議に思っているのです。どうして、恨んでいるかもわからない、相手の髪のかもじをお勧めしたのか――」

西の丸の庭に夕闇《ゆうやみ》が降りる頃、おふりの髪のかもじが届けられた。

ゆめ姫が真新しい漆に金箔《きんぱく》が施された華麗な箱を開けると、中には洗い清められ、梳き直されたかもじが一房入っている。

黒い艶が際立っていて、水に濡れたものとは、とても思えなかった。

「これがいわくの――」

箱を覗きこんだ藤尾が見惚《みと》れた。

「まるで、昨日切り取った自慢の黒髪のようではありませんか」

「それが、もう十五年は前のものなのですよ」

「とても、信じられません」

「ええ、ですから――」

「憑いているものがあるのですね」

藤尾は身をすくませた。

「だとしたら、恐ろしい」

「ですから、藤尾は今宵わらわの隣の部屋ではなく、離れたところでやすみなさい」

「えっ、でも」

「大丈夫です。わらわに悪さをするはずはありません。何かあれば大声をだしますから」

「でも、もしもということもあります」

藤尾は食い下がったが、ゆめ姫の勢いに押され、部屋を下がったものの、廊下で薙刀《なぎなた》を片手に不寝番をすることにした。

ゆめ姫はこの夜、早めに床に就いた。

夢はたいてい寝入り端《ばな》か、明け方近くに見る。

この日はうとうとしたとたん、大奥の庭が見えた。

春であった。

桜が満開に咲いている。

――桜といえば、父上様は太閤殿下《たいこう》の真似をして、桜の下での茶会がお好きだったわ――

赤い毛氈《もうせん》が見えている。

――やはり茶会――

不思議なことに、豪奢《ごうしゃ》な打ち掛けを纏《まと》って居並ぶ側室たちは、後ろ姿しか見えない。

御台所の三津姫が微笑んでいる。

この時の三津姫は気高さこそ今と変わらないが、八重咲きの桜の花のような艶やかさが充《み》ち満ちている。

まさに女盛りである。

――非の打ちどころのない美しさだわ――

姫は夢の中で思わずため息を洩らした。

その三津姫が御用場（トイレ）に立った。部屋子たちが付いて行こうとしたが、三津姫は、

〝その方たちはよい、ここで茶と桜を存分に楽しむように〟

断って、部屋子を一人だけ連れて池の近くにある阿舎《あずまや》へと歩き出した。

〝本当ですね、友千代《ともちよ》に会えるというのは――〟

三津姫は小腰を屈《かが》めている、後ろ姿の部屋子に確かめた。

友千代というのは三津姫の二番目の男の子であった。

〝わらわは会いたくてならぬ〟

将軍家の習いで、友千代は母親の三津姫ではなく、乳母に育てられていたため、親子が会う機会は少なかった。

〝もちろんでございます。今頃、友千代様が御母上様にお会いしたいと、丸木橋の上で待っておられるはず――〟

後ろ姿の部屋子が頷いて応《こた》えた。

六

その後、桜色の艶やかな打ち掛け姿の三津姫が、部屋子に付き添われて歩いて行く。

池が見えてきた。

緑色の藻で被《おお》われた池には朱色の丸木橋が架かっている。

――あそこはいつも、わらわが父上様にお目にかかる所でもあるのだけれど、わらわだけではなく、御義母上様まで、愛しい若君と待ち合わせていらしたのね――

ゆめ姫は微笑ましく感じながら、丸木橋へと急ぐ三津姫を見守っていた。

三津姫が池のすぐ近くにまで来た時のことであった。

突然、

〝御台様、大変でございます〟

部屋子が叫んだ。

〝ほれ、丸木橋の下に水しぶきが〟

〝ええっ？――〟

〝見えているのは若君様の小袖ではありますまいか？〟

〝そんな――〟

三津姫は池へと身を乗り出した。

――そんな――

夢で見ている姫も信じられなかった。

部屋子が、三津姫の背後に回った。

そして池の中に突き落とそうと、両手を三津姫の背中に近づけた、まさにその時、そばのまだ蕾《つぼみ》を付けたばかりの躑躅《つつじ》の茂みから若い男が躍り出た。

その姿はゆめ姫が城の庭で時折見かける植木職に似ている。

男の動作は素早かった。

部屋子を羽交い締めにして口を塞ぐと、目にも止まらぬ速さで潜んでいた茂みの中へと引きずり込んだ。

この間、物音一つ立てていない。

三津姫が振り返った時にはすでに、部屋子の姿は煙のように消えていた。

そして、ほどなく、

〝御台様〟

〝御台様〟

戻りが遅いのを案じたお付きの者たちが押し寄せた。

青い顔の三津姫は、茂みに連れ去られた者の名を口にして、

〝まつよはどこに行ったのか、早《はよ》う、探すのです――〟

気がかりそうに丸木橋の下の水面《みなも》をもう一度見たが、もとより、水しぶきなど上がってはいなかった。

姫はそこで目を覚ました。

――せめて、覚えているうちに――

文机《ふづくえ》の前に座って、絵筆を執ってみる。

普段は絵心とはほど遠いゆめ姫だったが、夢に出てきた様子を描く時に限って、達者な筆遣いで描写できた。

――これは――

描いたのは植木職の似顔絵であった。

池に突き落とされかけた三津姫を救った、敏捷《びんしょう》な若い男のものである。

りりしい美丈夫であった。

――似ている――

町人髷に結ってはいるが、髪を伸ばした姿は、前に見た夢に出てきた、髪を洗っていた若い娘に瓜《うり》二つであった。

――御義母上様をお救いしたのはおふりだったのね――

夜が明け、朝餉を摂るのももどかしく、姫は三津姫の元へと急いだ。

「何かわかりましたか？」

相手もまた、待ち兼ねていた。

「まつよという部屋子をご存じですか」

「まつよ――」

三津姫だけではなく、居合わせていた者たちは皆青ざめた。

「まさか、かもじに取り憑いているのはまつよでは？」

三津姫の言葉に、

「あのようにご無念なご最期でございましたし――」

部屋子の一人が囁《ささや》くように言った。

「まつよは亡くなったのです」

三津姫は告げた。

「もう、十五年以上前のことになります。桜を愛でる茶会の時、ふっと見えなくなって、何日かして古井戸からまつよの骸《むくろ》が見つかったのです」

そこでゆめ姫は夢の話をした。

しかし、まだ三津姫を助けたのが、植木職姿のおふりだったとは明かさなかった。

――似ていただけでは動かぬ証とは言えない――

聞いた三津姫はあっと叫びかけて、

「あのまつよがわらわを池に落として殺《あや》めようとしたというのですか？」

念を押した。

「その証に友千代君とおっしゃった若君は、丸木橋などにはお出向きになっておられなかったはずです」

「たしかにそうでした。まつよが古井戸から見つかったと聞き、骸に傷など見当たらないことから、覚悟の自害と憐《あわ》れみました。友千代の乳母は、茶会の日、友千代はずっと部屋にいて、書物に親しんでいたと話していました。まつよがわらわと会わせようとしたことなど、乳母は知らなかったと申しました。まつよがそっと友千代に耳打ちしたものの、子どものこととて、当人は忘れてしまったのでしょう。それで、わらわを喜ばせようとして果たせなかったまつよは思い詰め、責めを負ったのではないかと――。そうではなくて、すべてはわらわを池で溺《おぼ》れさせるための、企みだったのですね」

ゆめ姫は黙って頷いた。

「だとしたら、まつよを止めたというその庭師は、わらわの命の恩人ではありませんか。なぜ、名乗り出てはくれなかったのでしょう。会って礼など言い、相応の褒美も遣わしたものを――」

これにも姫は答えなかった。見当がつかなかったからである。

――なぜ、おふりは名乗り出なかったのかしら？　おふりが植木職を務めていたのは、きっと病気がちだった父親の代わりに違いないわ。だとしたら、許しもなく、父親の代わりを務めていることを後ろめたく思ったのかしら――

「御義母上様、少しの間、折り入ってのお話がございます」

ゆめ姫は切り出した。

「むずかしいお話のようですね」

「そうではありませんが、しばらく、二人だけでお話がしたいのです」

「それでは人払いをいたしましょう」

こうして、やっと、姫は三津姫と二人で向かい合うことができた。

「やれやれ、周りに仕える者がいるというのも、気骨の折れることです」

三津姫は肩を押さえて、眉を寄せた。

「肩が凝ってなりません」

「それではわたくしが」

姫は三津姫の後ろに回って肩に両手をかけた。

固まった肩をゆっくりと揉《も》みほぐして行く。

三津姫は気持ちよさそうに目を閉じた。

「なかなかよく効きます。そなたのような身分の者が、肩揉みなどどこで覚えたのですか？　そうそう、池本へおいででしたね」

「池本の叔母上様に教えていただきました」

「池本の叔母上？　ああ、方忠の奥方のことですね」

「気さくなよい方です」

「そなたは気さくが好きなようですね」

「はい」

「実はわらわもそうなのです。そなたの母、お菊の方も気さくなよい気性の方でした」

「お親しかったとか」

「そうですよ、毎日のように会って話をしたい相手でしたが、周りがいろいろとうるさくて。あまり親しくしすぎると、かえって迷惑がかかると思い、ほどほどにしていたのです」

「おふりという御末を覚えておられますか」

「はて――」

「心なくも父上様がお召しになろうとした娘です」

「おふり――」

しばらく考えていた三津姫は、

「ああ、あのおふり」

ぱっと目を開いて、

「粗相癖のおふりですね」

くすくすと笑った。

「粗相癖が理由で、父上はお召しになるのをお止《や》めになられたとか――」

「ええ、まあ、そういう成り行きですけれども――」

　三津姫の丸くなった目はまだ笑っている。

「おふりについては、そのように上様に申し上げるよう、お菊の方に頼まれたのですよ」

「生母上様に？」

「ええ。自分が頼んだことは、くれぐれも内密にしてほしいと念を押されました。あの頃のわらわときたら、上様がお召しになってお手をつけられる若い女子たちが、妬《ねた》ましいやら羨ましいやら――。恥ずかしいほど嫉妬《しっと》深かったものですから、たとえおとこ女という評判のおふりでも、上様に近づけたくはなかったのです。年若い中臈にお手がつき、側室になって子を産んだと聞かされるたびに、どれだけ気落ちしたことか――。それで、おふりのことは一も二もなく、上様に申し上げることにしたのです。ただ、今考えてみると、どうしてお菊の方はおふりのことをわらわに頼んだのでしょうね。おふりはお菊の方が目をかけていた御末でしたから、おふりが子でも産めば、お菊の方の権勢だって高まったはずです。よくよくお菊の方は欲のない方でした」

「生母上様は、なぜ自分から御義母上様に頼んだことを、秘密になさりたかったのでしょうか？」

「おふりが大奥から慌ただしくお暇をいただいた後、ふと耳にした話では、おふりに粗相癖などありはしなかったというのです。それを聞いた時、おふりには先を約束した相手がいて、上様のお召しを上手《うま》く躱し、市井に戻りたかったのではないかという気がしました。女の幸せは、権力者の子を産むことばかりではありませんからね。そういう事情で、お菊の方はおふりに頼まれたのではないでしょうか。粗相癖はお菊の方が思いついた、一時凌《しの》ぎの方便にすぎなかったので、秘密にしたかったのではないかと――。そうだとしたら、おふりがまるで、逃げるように、大奥を下がって行ったのも得心が行きます」

七

その夜、

――先を約束した相手がいたというのに、どうしておふりは髪など売ったのだろうか。髪は女の命、ましてや、おふりの黒髪は何にも増して美しかったというのに――

その思いが胸にわだかまったまま、ゆめ姫は眠りについた。

夢を見たのは明け方だった。

夢に出てきた光景も明け方のようである。障子がうっすらと白んでいる。

〝御方様、どうかよろしくお願いいたします〟

長い髪を垂らしたおふりが静かな声で言った。

〝ほんとうによいのですか？〟

お菊の方が念を押して、

〝後で悔やんでも遅いのですよ〟

〝後悔などいたしません。それより早くわたしの髪をお切りください、もうじき夜が明けます〟

〝わかりました〟

お菊の方は剃刀《かみそり》を取り上げた。

ぱさっと髪が束になって落ちる。

それが繰り返される。

ほどなく、おふりの髪は肩までに切り揃えられた。

お菊の方は、畳の上に広げられた布の上に、落とされているおふりの黒髪を集めて、用意してあった手箱に納めた。

〝満足です〟

おふりはにっこりと微笑んで、

〝これでまた、御台様のお役に立つことができます。その上、ずっとおそばにいることができるのですから、この上ない幸せです〟

ほろっとうれし涙をこぼした。

――これがかもじの濡れる理由だったのだわ、かもじの涙――

夢の中でそう思ったとたん、目が覚めたゆめ姫は、

「藤尾、藤尾」

思わず叫んでいた。

話を聞いた藤尾は、

「やはり、その方は女子がお好きだったのですね、御台様を女子として慕っていたのですよ。差し出した髪にしか想いをこめられないなんて、切なすぎます」

目をしばたたかせた。

しばらくして、いわくのかもじが気になって仕様がないという浦路が訪れた。

浦路もこの話を聞いて、

「大奥は男子禁制、そのため男子の代わりに女子と女子が好き合うという話はよく聞きますが、心から女子が好きだという者の話はあまり聞かぬものです」

感慨深げに洩らした後、

「姫様、この話の一部始終を御台様にお伝えになるおつもりですか？」

案じる口調になった。

「当然、お知りになりたいことでしょうから」

「それはお止めになった方がよろしいかと――」

「なぜです？」

「ただでさえ、この大奥は無駄な出費ばかりで遊び暮らしていると、ご重職方に白い目で見られております。その上、恐れ多くも御台様に懸想した御末がいたなどという話、噂になったら、この浦路が、監督不行き届きで叱られてしまいます。かもじにはよくないものが憑いているのではなかった、それだけでよろしいではありませんか」

浦路はすがるような目をしている。

「けれど、かもじが濡れるのはおふりが何か大事なことを御台様に伝えたいからだと思うのです。それがおふりの想いだとすると、やはり、お伝えしなければ——」

「おふりがここに仕えていたのはもう、十五年も前のことでございますよ。十五年間、大事のなかったかもじが濡れるのは、想いを伝えたいからではございますまい。想いだけのことでしたら、もっと前に濡れていたはずです」

浦路は食い下がった。

——夢の中ではおふりの涙がかもじを濡らすのだと思ったけれど、もし、そうであったのなら、浦路の言う通り、もっと前から濡れていたはず——

そこで、

「たしかに、浦路の言い分にも一理ありますね。おふりは御台様への想いのほかに、何かよんどころないことを伝えたいのかもしれません。御台様にお話しするのは、それがわかってからにいたしましょう」

その夜、ゆめ姫はやや湿り気を帯びてきた、おふりのかもじにしみじみと触れて、

——おふり、お願いだから、あなたが伝えたいことを、このわらわに教えてくださいな——

よくよく念じて床に就いた。

ざあざあと大きな音がして、雨が降ってきたのかと思われたが、夢の中でのことであった。

すぐ目の前に、姫も馴染《なじ》みのある菩提寺が見えている。

寺詣りをする大奥女中たちの一行が、突然降り出した大雨で立ち往生していた。

〝まあ、すっかりお濡れになってしまって――。御台様、大丈夫でございますか〟

一行の一人のその言葉に、

――この寺詣りには御義母上様もおいでになったのだわ――

夢の中で、はっと姫は気がついた。

――御義母上様が濡れてしまわれている――

場面が変わった。

三津姫が病の床に伏している。

額に濡れ手拭《てぬぐ》いを載せ、荒い苦しそうな息使いを繰り返していた。

周囲には部屋子たちが控えている。

奥医師が脈を取っている。

〝いかがでございましょうか？〟

恐る恐る訊いた部屋子の一人に、

〝今日、明日が峠《とうげ》と思われますが、肺の臓がお弱りになってのお熱なので、病は心の臓にも関わってきます。楽観は許されません〟

奥医師は緊張の面持ちでいる。

そして、次にゆめ姫が見たのは、

——何ということ——

顔に白い布をかけられた三津姫の姿だった。部屋子たちが泣き伏している。

〝寺詣りを一日延ばされておられれば、このようなことには——〟

奥医師に容態を訊いた部屋子の言葉に、

〝そのような後悔、埒《らち》もない〟

厳しく叱りつけたのは浦路であった。

〝御義母上様〟

声に出したところで目が覚めた。

枕元のかもじを見ると、ぐっしょりと濡れそぼっていた。


翌日、ゆめ姫はかもじの入った箱を手にして三津姫を訪れた。

三津姫たちは寺詣りに出かける支度をしていたが、姫は開口一番、

「寺詣りにおいでになってはいけません」

すると、支度をしていた部屋子たちは、

「まあ」

「なぜ、そのような」

各々、不満を口にした。

部屋子たちは、ほかに娯楽のない大奥暮らしとあって、帰途、料理屋や芝居見物をする寺詣りを楽しみにしているのである。

「この寺詣りとかもじに関わりがあるのですね」

三津姫は穏やかに言った。

「はい」

姫は大きく頷いて、

「お話しするにはお人払いをお願いいたします」

部屋子たちを下がらせると、おふりの想いの丈と、なぜ今になってかもじが濡れたかについて話し続けた。

おふりの自分への想いを聞いた時こそ、

「まあ」

当惑した三津姫だったが、最後には、

「おふりは水に関わって二度もわらわを助けてくれたのですね、一度はあのまつよに池に突き落とされそうになった時、今一度は寺詣りの途中、大雨に遭って死病に罹《かか》るのを止めてくれようとした――。有り難いことです」

手を合わせていた。

この日の寺詣りは中止となったが、昼近くなって雨が降りだすと、文句を言う者はもういなかった。

大奥のあちこちで雨漏りがするほどの大雨で、金盥で雨漏りを凌ぐのに皆忙しかったからである。

昼餉を共にした後、ゆめ姫が辞そうとすると、

「そなた、夢でおふりに会うことはできませんか？」

三津姫は真剣なまなざしを向けてきた。

「わたくしの夢に人が現れるのは、伝えたいことがあるからです。おふりの想いが伝わった今、それればかりはお約束できません」

「もし、夢で会うことがあって、おふりが生きているのだとしたら、是非とも会って礼を言いたいと、わらわが申していたと伝えてくださいい。わらわもこのような年齢なら、おふりも若くはないはず、互いに寄る年波が生臭さを消しているでしょうから、楽しい茶飲み話ができるでしょうし――」

「わかりました」

この夜、姫は尼寺の夢を見た。

――おふり――

観世音像に向かって一心に祈りを捧げているのは、白い尼頭巾を被ったおふりであった。目を深く閉じている。

——後で悔やんでも遅いのですよ——

お菊の方の言葉が重く響いて思い出される。

——おふりが髪を切ったのは、仏に仕える身になるためでもあったのだわ。おふりの御義母上様への想いはそれほど強いものだった。おふりは生涯、身も心も御義母上様に捧げる覚悟だったのだ——

おふりは目を開けた。

〝そうなのです〟

おふりは微笑んだ。

涙がほろっと一粒落ちて、

〝あれ以来、髪は伸ばしておりません〟

——まあ、あの時のままだわ——

おふりのうれしそうな顔は十五年前と少しも変わらなかった。皺《しわ》深くはなってきていても、笑顔の輝きは変わらない。

〝ですから、こうして生きていても、この生臭さでは御台様にはお目にはかかれません。わたくしは、一生陰ながら御台様を想い、お慕いお守りする、それだけで満足なのでございます——〟

おふりは言い切り、姫は夢から覚めた。

何日かして、三津姫から菓子に添えて文が届けられた。

その文には以下のようにあった。

あれほど濡れていたかもじが自然に乾いただけではなく、以前にも増して美しい艶を保っているのです。何とまあ不思議にもうれしいことか——。おふりの想いと共にこの命、尽きるまで愛用したいと思います。わらわの心はかつてなかったほど平穏です。上様に嫁いで以来、こんなにまで心安らかであったことはありません。ここまで人に想われるというのは素晴らしいことです。それから、大雨の後、わらわの部屋から虹《にじ》が見えて、ほんの束《つか》の間《ま》でしたが、雀の鳴き声が亡き姫たちのわらわを呼ぶ声に聞こえました。〝母上様、ここはとても楽しく美しい、だから、どうか、もう案じたりなさらないで〟って。これもまた、何と喜ばしいことだったたか——。今まで、わらわには亡き娘たちの声に貸す耳がなかったのですね、あまりにも、殺伐とした心持ちでいることが多くて——。けれど、これで、早世した姫たちが、あの世で幸せなのだとわかって心残りがなくなりました。心から礼を言います、わらわの心を癒《いや》してくれたそなたとおふりに——。

第三話　ゆめ姫が悲恋を演じる

一

池本家の庭に白い花が咲き乱れている。

針仕事にいそしんでいたゆめ姫は、針を動かす手を止めて、思わず見入ってしまっている。

姫は楚々《そそ》とした風情の白い萩《はぎ》の花が好きであった。

小さな可憐《かれん》な花が、緑色の葉の上で雪片のように広がって舞っているかのような有様は、何とも清々《すがすが》しく趣深かった。

「ゆめ殿、あまり根を詰めてはなりませんよ」

亀乃が声をかけてきた。

「あと少しでお庭の萩の花のような巾着袋《きんちゃくぶくろ》が仕上がるのです」

ゆめ姫はそう応《こた》えて、巾着袋になる白一色の羽二重に針を刺した。

「甘酒でもいかがです？」

「いいえ、今は結構です」

――ここまで見事な眺めだと、萩の精が飛び跳ねているかのようだわ――

幽霊にこそ、始終話しかけられる姫だったが、同じこの世の者ではない、魑魅《すだま》たちに出会ったことはまだなかった。

――木の精、花の精、いるのだとしたら、是非会ってみたいのは白萩の精だわ――

最後の一針を刺し終えて、ふと、からたちの茂みに目を向けると、何と、あろうことか、季節外れの雪が降り積もっている。

――もしかして、これは夢の中？――

姫は雪しか見えなくなったからたちの茂みを見つめていた。

夢の中は一面の銀世界である。

一瞬、降り続けている雪の中に、きらっと光るものが見えた。

雪の日に時折、見ることのできる結晶の一片であった。

すると、どうしたことだろう。

年の頃は三十路《みそじ》少し前、年増ながら可憐な印象そのものの、楚々とした美女が現れた。

着ている物は、雪空を写した薄ねずで、裾《すそ》模様に銀糸で雪の結晶が縫い取りされている。

〝あなたはわたくしにおっしゃりたいことがあるのですね。どうか、お話をお聞かせください〟

ゆめ姫の言葉に、美女はいやいやと言うかのように、首を横に振って消えた。

――名乗ってくれなかったから、誰だかまるで見当がつかないわ――

やはり、あれは白萩の精だったのかもしれないと感慨にふけっていると、

「ゆめ殿、ゆめ殿」

亀乃の声が静けさを破った。

「たった今、上様からのいただきものが届きました。何と有り難い御松茸《まつたけ》!!」

亀乃は嬉々《きき》としている。

赤松林が少ない関東以北では松茸の収穫が少なく、将軍家には館林《たてばやし》藩の金山《かなやま》で採れる松茸が、毎年、行列を仕立て、昼夜兼行の宿継ぎで江戸城に届けられる。

「叔母上様は松茸が好物なのですね」

館林藩からの松茸は軽く千本を越える数が献上されるので、ゆめ姫は幼い頃から嫌というほど食べてきた。

――松茸は秋の訪れの匂《にお》いがする――

「そうです。ですから、上様から初めて三十本もお届けいただいた時は、とてもうれしかったですよ。今宵は松茸飯と網焼きのご馳走《ちそう》です。ただし、こちらに松茸をお届けくださる日は、殿様が上様とご一緒に、お城で松茸尽くしの夕餉《ゆうげ》を楽しまれるので、わたくしどもだけですけれど――」

「お手伝いいたします」

生来が食いしん坊のゆめ姫は、亀乃の手ほどきを受けて料理の腕を上げてきている。

「叔母上様、松茸膳《ぜん》には粕漬《かすづ》けの魚があってもよろしいのでは？　この間、切り身にして漬けた、鯛《たい》など焼かれては？」

「そうですね。たしかに鯛なら、白身で癖がないので、松茸の香りを損なわないでしょう」

姫の助言が日々の献立に活かされることも多い。

池本家の厨《くりや》から松茸飯の匂いが漂い始めた頃、信二郎が訪れた。

上女中から取り次ぎを受けた亀乃は、

「信二郎には座敷で待つようにと。いいところに来てくれました。今夜は松茸のご馳走と知ったら、さぞかし喜ぶことでしょうが、申してはなりません。松茸膳を見せて驚かすのです。ああ、でも――」

一瞬、ぱっとその顔を輝かせたものの、すぐに困惑した表情になり、

「育った町与力のところでは松茸や鯛を膳に上らせることなど、できなかったかもしれません。そうなると、あの子に恥を掻《か》かせてしまうことになりますね」

どうしたものかと考えていて、
はたと思いついて両手を打ち合わせた。

「そうだ。あの時、鯛と一緒に鱸《すずき》も漬けました。鯛ではなく鱸の粕漬けを焼きましょう」

同じ白身魚でも鱸は鯛ほど高級魚ではなかった。

上女中はまだ下がらずにいた。

「信二郎様はゆめ様にご用向きがおありのようです」

「あら、嫌だ、わたくしとしたことが夕餉の膳の話ばかり――。きっと、急な御用の向きでしょう。とにかく、早く信二郎を座敷に――」

「はい」

やっと上女中が下がった。

「信二郎はまた、あなたのお力にすがりに来たようです」

亀乃は深いため息をついた。

「何か、ご心配なことでも?」

「あなたが人の持ち合わせていない夢力を用いて、この世に想《おも》いを残している方々の霊と話をし、場合によっては霊に代わって仇《かたき》を取ってさしあげる。見上げた心がけでご立派だとは思うのですが、やはりわたくしはあなたの身が案じられます。信二郎の用向きとあらば、やはり下手人探しになるのでしょうし――」

「ご心配いただいてありがとうございます。でも、わたくしは、生まれもって備わっているこの力によって、苦しみながら、果てしなくこの世を彷徨《さまよ》っている死霊や生き霊を、お助けしなければならないと思っています。行きがかりで下手人たちと関《かか》わるのも仕方のないことです。覚悟はできていますので、どうかこれ以上ご案じなされませんように――」

ゆめ姫は笑顔を向けた。

「どうにも、信二郎があなたをさらなる奈落《ならく》に引き込んでいくような気がして――」

亀乃は言葉を詰まらせた。

「落ちる奈落があるならば、信二郎様に落とされるのではなく、わたくしの意志で探るまでのことです」

姫は言い切って座敷へと向かった。

向かい合った信二郎は、茶を用意して入ってきた亀乃に、

「こちらは今夜、松茸飯ですね。入ってきてすぐわかりました」

優しい目を向けて、

「秋月の家でも、一度か二度、到来物の干した松茸で松茸飯が炊かれ、口にしたことがありました。しかし、こちらの方が香りが深い。楽しみです」

屈託なく笑った。

時季物の松茸は椎茸のように干したものも流通していたのである。

幸福そうな顔の亀乃が出て行くと、

「実は今日は、上からの命でまいりました」

信二郎は改めて背筋をぴんと伸ばした。

「どうか、お話しください」

ゆめ姫は相手を促した。

「今年の夏は大雨が続きましたね。そのせいでしょう、何日か前の大雨でも、家屋敷が土砂に流されるという被害が多くありました。小石川では人の骨が出たのです」

「お墓が壊れて流されたのでしょうか」

「いいえ、墓からの骨ではありませんでした」

「どうして、そのように決めつけるのです？」

「近くの寺の墓に変わりはありませんでしたから。その女の手には印籠《いんろう》が絡まっていました。印籠には麻の花の家紋が描かれていて、そのあたりの武家で、麻の家紋を使っているのは唯一、旗本の時沢《ときざわ》家だけだったのです」

印籠とは武士が主に薬などを持ち歩くためのものである。

「なにゆえ女子《おなご》とわかったのでしょう？」

「奉行所がお役を申しつけている町医者が、骨組みが小さいだけではなく、骨盤が大きいから間違いないと言っているのです」

「印籠は殿方の持ち物でしょう？」

「そうです」

「ならば、なぜ、女子が持っていたのでしょうね」

「女子が時沢家の奥方の理与《りよ》殿であったのだとしたら、何ら問題はないのではないかと思います。あの騒ぎが起きた時、家族で逃げようとして、夫の一之進《いちのしん》殿から預かったものではないかと――」

「あの騒ぎとはいったい何なのです？」

「奉行所の記録では二十年前のことですが。この江戸に鯰神様《なまずがみ》が大流行したのだそうで――」

二

「鯰神様？」

　ゆめ姫は首をかしげた。

「古来、鯰は単なる魚ではなく、天変地異を報《しら》せるとされています。二十年前の江戸では、そこかしこで、滅多に姿を現さない鯰が網にかかったそうです。それで、宝永《ほうえい》四年（一七〇七）の大地震と続いて起きた大噴火のように、今に富士山が煙を上げる、溶岩が流れ出てくる、地震と共に津波が起きて、江戸の町が海の底に沈むなどの、恐ろしい流言飛語がまことしやかにあちこちで囁《ささや》かれ、騒ぎになったのです」

「ものの本によれば、富士は宝永四年から後、今に至るまで噴火などしていないはずですけれど」

「そうです。ですから、騒ぎだけで終わったのです。その騒ぎの最中に、鯰神の昂《たか》ぶる心を鎮めなければならないと、鯰神信仰が大流行していたのです。自らを、祈禱《きとう》を通じて、鯰神と通じ合うことができる神官だと豪語《かた》していた男がいました。ところが、そやつは上方から流れてきた役者くずれで、以前、騙りをはたらいていたこともあり、鯰神と通じ合えるなどということも、真っ赤な嘘《うそ》だとわかったのです。自ら瓦版屋《かわらばん》を買収して、都合のいいことを書かせ、人々の恐怖を煽《あお》っては信者を募り、寄進させていたのです。そやつが打ち首に処せられてやっと騒動はおさまったのです」

「家族で逃げようとしたというのは、天変地異を恐れてのことだったのですね」

「鯰神様への盲信が絶頂に達していたのが、二十年前の大晦日《おおみそか》でした。奴はこの日、江戸は全滅すると予言したのです。富士が噴火を始めたら逃げようと、家々では荷物をまとめたり、大八車を買い入れたりしていたそうです」

「時沢様のところもそうなさっていたのですね」

「おそらく。主《あるじ》の一之進殿は、当時五歳だった一人息子の琢馬《たくま》に支度をさせて、妻の理与殿を待ったのだそうです。行き先は駒込《こまごめ》にある、理与殿の母御の実家だったと、一之進殿は奉行所の聞き取りに答えています。ところが、幾ら待っても理与殿は部屋から出て来ず、案じて見に行くと姿はなく、裏門が開いていたのだそうです」

「そんな時に、どこぞへおいでになったとは、とても思えません」

「明け方近くまで、一之進殿と琢馬は近所を探し続けましたが、とうとう理与殿は年が明けても帰ってはきませんでした。正月の三日を過ぎても、富士は噴火せず、そのうちに、誰もが予言に疑問を抱き始めました。中には、寄進さえすれば命が助かると言われて、身代をそっくり投げ出した大店《おおだな》の主もいました。奉行所はこの手の訴えで多忙を極めた挙げ句、とうとう騙りをはたらいた奴がお縄となり、皆、やっと悪夢から覚めたのです」

「理与殿の身に何が起きたのでしょう?」

「記録によれば、理与殿はたいそう美しい女子だったそうです。見目形が整って気品があるだけではなく、楚々としていて、物腰が柔らかく、とても、五歳の子どもの母親とは思えない、初々しさだったと書かれていました。すれちがった男たちは、身分の上下や老若の区別なく、振り返らずにはいられなかったとも――。まあ、奥方小町といったところです。そんな評判の理与殿ですから、横恋慕したどこぞの不心得者が、この日の騒動に乗じて時沢家に押し入り、拐かして逃げたのではないかと言われてきたのです」

「たしかにありそうな話ですね」

「美女の失踪とあって、瓦版屋はネタに窮した時や大晦日が近づくと、この話を書いてきたのです。騒ぎの大晦日当時、上方から江戸に大泥棒のつむじ風の佐平次《さへいじ》が移ってきていました。それで、掠《さら》われた奥方は佐平次の女房になって生きている、大泥棒との間に、母親そっくりの器量好《よ》しの娘が生まれて、その娘がさる大名に見初められて側室になっているなどと、まことしやかに語られているのです」

「誰でも素敵な人には、いなくなってほしくないものですものね」

「残念ながら、今回、わずかに残っていた着物などから、遺骨は理与殿に間違いない、ということになったのです」

「あなたが上の命でおいでになったということは、理与殿の死の因《もと》は事故ではありませんね」

　姫は念を押した。

「医者は首の骨が折れていると言いました。理与殿は首を絞められて殺されたのです」

「時沢家ではさぞかし驚いておいででしょう」

「まだ、時沢家へは出向いておりません」

「まあ、どうして？」

「江戸市中で起きた事件の調べに当たるのが町奉行所ですが、武家の屋敷で起きたことは含まれません。屋敷内でのことは目付の差配です」

「でも、その骸《むくろ》は屋敷の外の小石川というところで見つかったのでしょう？」

「たまたま、大雨のせいで、水を貯め続けられなくなった崖《がけ》が崩れ、骨が見つかっただけです。どこで殺されたかまではわかりません」

「婚家の印籠を手にしていたのですから、その印籠さえ見せていただければ――」

「それは持ち合わせておりません」

信二郎は口惜《くや》しそうに唇を噛《か》んだ。

「時沢家の姻戚《いんせき》の者が奉行所にまいり、遺骨などと一緒に持ち帰りました」

「大事な証《あかし》ではありませんか」

「されど、その時はまだ、調べを誰がどうするか決まっていなかったのです。仕方のない成り行きです」

「骨になってしまっておられては、他に証といってもありますまいね」

ゆめ姫はため息をついた。

「証といえるかどうかはわからないのですが――」

信二郎は懐から、包みを取り出した。開いた懐紙には、親指の先ほどの茶色いものが載っている。

「匂いを嗅《か》いでみてください」

包みを受け取って鼻を近づけた姫は、

「これは伽羅《きやら》だわ」

言い当てた。

「やはりそうですか」

信二郎は満足そうに頷《うなず》いて、

「秋月の母上が時折焚《た》いていた、香に似た匂いだとは思ったのですが、伽羅という名だとは知りませんでした」

伽羅や羅国などの香木は、木全体が余すところなく香り高く、長い間、水に浸されていても、香りが残っていることが多いのである。

「理与殿がもう一方の手に握っていたものです。正確には右手の中に印籠を、左手の中に伽羅を握っていたのです」

「試してみます」

そう言って、ゆめ姫は懐紙の上の伽羅に触れて目を閉じた。

鹿威《ししおど》しがぽんと鳴った。

見渡すと、そこは、かなり立派な家の離れであった。

——今回、わらわは見ているだけのようだわ——

ほっとして、居並ぶ人たちの顔を見た。

若い男は一人きりで、後は中年から初老に近い男たちが四人。若い一人も含めて、男たちの身なりは贅《ぜい》を凝らしたもので、いずれも町人であった。

一方、向かい合っている女たち五人は、三十路前の年増ながら、娘が着るような派手な振り袖を着て、島田に結い、念入りに化粧を施している。

四人の顔はどれも、十人並み以上だったが、一人は、あっと息を呑《の》むほど美しかった。

まだ娘だと言われればそう見えないこともない。

ただし、嫁入り前の娘のように、びくついてもいなければ、あっけらかんともしていなかった。落ち着いた風情である。

——この方、さっき、からたちのところに居たお方だわ——

姫は思いきって、

〝理与殿〟

声をかけてみた。

名を呼ばれて振り返ったところを見ると、理与に間違いないようだが、さっきと同様、首を振るばかりである。

白昼夢はそこで途切れた。

「いかがでした？」

「それが――」

姫は先ほどのからたちの茂みでのことと合わせて、その様子を話した。

「すると、殺された当人は詮議《せんぎ》などしてほしくないというのですか」

信二郎はがっくりと肩を落とした。

「せっかく、お奉行にお願いして、骨が見つかったのは市中ゆえ、奉行所に詮議させてほしいと目付様に頼み込み、やっと叶《かな》ったというのに――」

「なるほど、それで上からの命とおっしゃったのですね」

「そうですよ。それなのに、当人がこれでは――」

気を落としかけている信二郎に、

「とはいえ、理与殿はまだ成仏なさってておられません」

ゆめ姫は確信している。

三

「どうしてわかるのです。成仏しても、何か気になることがあると、霊は出てくるものなのでしょう？　きっと理与殿は、それがしたちが詮議立てしないよう、止めるために現れたのですよ」

「成仏して束《つか》の間《ま》現れる霊は、もっと明るい様子をしています。時にずっと光に包まれていることもあるくらいで――」

「ということは、やはり理与殿はまだ成仏していないのですね」

「ええ。二十年間、この世に留まって、ずっと浮遊されていたのだと思います。それは暗《くら》闇《やみ》をあてどもなく彷徨うことで、安らぎはどこにもない、かなり辛《つら》いことです。ですから、わたくしは何としても、この真相を突き止めなければいけないと思っています。そうすれば必ず、理与殿も納得されて光を見ることができるはずです。真実に背を向けていては、前に進むことはできません」

ゆめ姫はきっぱりと言い切った。

亀乃が松茸御膳を運んできた。

「これは美味《うま》い、たまらん」

信二郎は夢中で箸《はし》を進め、二杯、三杯と松茸飯のお代わりをして、松茸飯三杯、汁五椀《わん》目でやっと箸を置くと、

「明日からこの事件の詮議です。どうかよろしくお願いいたします」

そう言い置いて帰って行った。

心配でならない様子の亀乃に、姫は二十年前の事件が再詮議される話をした。

すると、亀乃は信二郎の膳を片付けながら、

「いいのでしょうか?」

眉《まゆ》を寄せた。

「二十年も前の事件を無理やり調べ直すなんて——。信二郎は自分の興味でほじくり返し

たいだけでは？　それに、これについては、特別なお計らいで、町方が旗本屋敷を調べるのでしょう？　そんなことをして、もし間違いでもあったら、きついお咎《とが》めが——」

「叔母上様、先ほど申しましたように、信二郎様もわたくしも、彷徨える気の毒な霊のためになりたいだけなのです。どうか、勝手をお許しください」

姫は真顔で頭《こうべ》を垂れた。


「さあ、参りましょう」

翌朝、信二郎はゆめ姫を誘いに訪れた。

「どうか気をつけて」

案じられてならないという様子の亀乃に見送られ、池本の屋敷を後にすると、時沢家のある小石川へ向かった。

「実は、時沢家には家督を継ぐ者はおりません」

「当時五歳だった琢馬というお子が、家督を継いでいるのではないのですか？」

「琢馬はもう時沢の姓を名乗っていません。琢馬は、今は河辺《かわべ》亮斎《りょうさい》と名乗り御用絵師を務めています。時沢家は無役でしたから、琢馬は貧しさと生き甲斐《がい》の無さに耐えかねて、転身を図ったものと思われます。何年か前、大奥から火が出た時、御休息之間、対面所の襖《ふすま》絵の修復に加わったほどですから、おそらく、優れた画才の持ち主なのでしょう。ですから一之進殿が隠居届を出されれば、時沢家は断絶となります」

二人は時沢家の屋敷の前に立った。

生け垣から見える家屋は立派だが、庭木はまだ充分には育っていない。

「無役のまま、屋敷に水が入ってきたのだとしたら、すぐに家を直すことも叶わず、庭師を雇うこともできずに、このように整えられてはいなかったはずです」

客間に通されてしばらく待つと、二十歳代半ばの男が、

「わたしが河辺亮斎です」

入ってきて座った。

どことといって特徴のある風体はしていないが、茶人や俳人などと同様、その目の色は、人の世の神秘や深淵を見通しているかのように深い。

「こちらのお屋敷の裏の崖下で見つかった、あなたの母上、理与殿のことでまいりました。こちらは、その折の検《あらた》めに立ち会った医者の家の方です」

信二郎は姫の身分に方便を使った。

「母とはもう会いました」

亮斎はぽつりと呟《つぶや》いた。

「母はとても美しい女《ひと》でした。わたしが最後に見たのは、誰からも讃《たた》えられた美しい母だったのです。ですから、あのような姿が母だと言われても、わたしはとうてい信じることができませんでしたが、印籠を目にして、〝ああ、これはやっぱり母なのだ、母はとっくの昔にこの世にいなかったのだ〟と得心したのです」

亮斎の感じやすい心を映した目から、大粒の涙がこぼれ落ちた。

亮斎は話を続ける。

「母の噂《うわさ》は、毎年、年越しの頃になると、必ず瓦版屋が書くのです。たいていは盗賊の妻になったという話です。それでもよかった。とにかく生きてさえいてくれたら――わたしは、毎年、年末の瓦版を楽しみにしていました。母が生きていると書かれるのがうれしくて――それなのに」

亮斎は絵筆を持つ繊細な手を震わせながら、袖から、折り畳んだ手巾《しゅきん》を出して涙を拭《ぬぐ》った。

「どんなお母様だったのです？」

ゆめ姫は訊《き》かずにはいられなかった。

「家事が好きでした。一日中、何やかやと家の中の仕事をしていたのを覚えています。子どものわたしは毎日のように、母の後を付いて回っていましたが、不思議と飽きませんでした。日々の菜の足しにと、母が耕していた小さな畑ほど、面白いものはありませんでした。庭掃除をしていると、今日の空の雲は何に似ているかなぞという話になりました。厨の竈《かまど》の前では、火の神様のご機嫌が悪いがどうしましょうとか――。母は美しいだけではなく、明るく働き者で、何よりわたしを愛《いと》おしんでくれたのです」

「いなくなってしまった時には、さぞかし気落ちされたことでしょうね」

「当初、父は親戚のところに病人が出て、看病に出向いたのだと申しました。けれど、待

て ど暮らせど帰ってこない日が続き、半年も経《た》つと、わたしはもう、母は帰ってこないのだと悟りました」

「その時、お父様にお訊《たず》ねにならなかったのですか？」

「あの父にですか？」

亮斎は薄く笑った。

「父は昔から酒に溺《おぼ》れていました。酒を飲んでいない時はそれほどでもないのですが、酒が入ると、理由《わけ》もなく物を投げたり殴りかかってきたりしました。ですから、子どものわたしはいくら母が恋しくても、父が怖くて、とても訊ねることなどできなかったのです」

「お父様はお母様を傷つけたりすることもあったのでしょうね」

「父は美しい母が自慢でしたので、顔など、他人《ひと》様にわかる所には傷を付けませんでした。ですが、着物で隠れる手や足には生傷が絶えませんでした」

「でしたら、お母様はお父様から逃げるため、自ら姿を隠したとは考えられませんか」

「たしかにそうですね。でも、それでは、わたしは母に捨てられたことになります。そう考えるのが怖くて、そうは思わないようにしていたのです。あの母に限って、子どものわたしを捨てるわけがないと――」

そう答えた亮斎は、庭に目を転じ、池と咲いている白い萩の花を交互に見つめた。

「池には、ずっと蛙《かえる》を放しております。大雨で流れて行ってしまった後、すぐにまた、もとめました。蛙はわたしに欠かせぬものです。蛙がわたしの運を開いてくれたからです。

幼い時から画が好きだったわたしの描《か》いた蛙が、母がいなくなった後、案じて訪ねてきた、母方の叔父の目に留まったのです。時沢家が借金まみれであることを知っていた叔父は、いっそ、画で身を立ててはどうかと勧めてくれて、弟子入り先も探してくれたのです。ですから、蛙はわたしの神様の一人です」

「白い萩の花も神様なのでは？」

姫はしばらく、亮斎の想いにつきあうことにした。

「その通りです。萩の花は上様がお好きなものですが、大奥の襖絵修復の折、〝萩をにぎやかにさせ過ぎぬこと〟と仰せで、なるほど、さすが上様と感服仕りました。襖絵には雪片のように見える白い萩が描かれました。萩は赤紫色が多いのですが、これでは騒々しすぎるのです。修復の時は、師の指示で、多少のお手伝いをさせていただいただけでしたが、その時以来、いつか上様にご高覧いただいても恥ずかしくない、一世一代の白萩を描こうと、こうして庭に植えているのです」

亮斎はうっとりとした笑みを浮かべたが、それは、直面しなければならない真実をしばし回避しているかのようでもあった。

——このお方が画業にこれほど打ち込んだのは、ただただ、お母様がいなくなった寂しさを埋めるためだったのかもしれないわ——

姫は胸が詰まった。

「お父上は息災ですか？」

信二郎が斬《き》り込んだ。

——息子の亮斎が二十五だとすると、もうかれこれ五十に手の届く年齢《とし》になっているはずだ。もしかして——

「離れにおります」

亮斎は言葉少なかった。

「お目にかかることはできますか」

答える代わりに亮斎は立ち上がった。

渡り廊下でつながっている離れは、日当たりのいい場所にあった。

——酷《ひど》いところのあった父親だというのに、亮斎殿は孝養を尽くしておいでなのだわ

——

「これは先生」

世話をしているのは、亮斎の弟子の一人であった。

「今日は、あまりお加減がよろしくありません」

床はのべられておらず、一之進と思われる白髪頭の老人が縁側に出て、こちら側に小さな背中を向けている。

五十路前とは思えないほどの老けようだった。

「萩の花、萩の花とおっしゃるばかりで——」

ゆめ姫は離れの庭に目を向けた。

そこにも白い萩が清らかに咲いている。

「父上」

亮斎は耳の遠い相手のためにやや大きな声を出した。

一之進はふうとため息をついて、息子を振り返ると、

「萩の花がない、萩の花が」

子どものような口調で駄々をこねた。

元は骨ばって険のある、いかつい顔をしていたのだろうが、今は生気とは無縁な無表情である。

もちろん、姫や信二郎にも気がついていない。

「うちでは白い萩の花しか咲かせないと決めているのです。ご辛抱ください。それより、こんなところにおられては、さぞかしお身体が冷えたことでしょう。父上がお好きな生姜《しょうが》の絞り汁を入れた甘い葛湯《くずゆ》でもいかがです？」

亮斎が諭すと、一之進はやっと、うんと頷き、顔をほころばせ、

「生姜、葛湯、甘い」

甘えるように繰り返した。

「酒毒が祟《たた》ったのか、このように父はもう、たいていのことがわからなくなっています」

四

——何だ、これでは、とても話は訊けないな——

離れを出た信二郎は落胆して、

「それではこれで失礼いたします」

暇《いとま》を告げた。

河辺亮斎の屋敷を出ると、

「先ほどは、あなたのことを医家の弟子のように紹介してしまい、失礼しました。でも、どう言ったらよいかわからなかったので——」

信二郎が詫《わ》びを口にした。

「夢力があると言っても、おわかりになってはもらえませんもの。こちらがお礼を言いたいぐらいです」

微笑《ほほえ》む姫を見て、信二郎はほっとし、二人で理与の骨が出たという、裏手に回った。

「ここは、通りかかる人もまばらな場所だということです。幽霊が出るとも噂されているほど寂しいところだそうですが——。もっとも、ゆめ殿はいっこうに気にされないでしょうが——」

信二郎は苦笑して先を続けた。

「理与殿の骨は長い間、埋められていて、大雨で崖が崩れた時、地上に出たのですよ。土砂を片付けようとして、ここに来た若者の一人が見つけたのだそうです」

――ここだったのだわ――

ゆめ姫は切なさで胸が痛んだ。

――こんなに寂しいところに、二十年も――何とお労《いたわ》しい――

崖を確認した二人は伝通院《でんづういん》を抜けて、茶店に落ち着いた。

「あんな酷いことをしたのは、いったい誰の仕業なのでしょう」

胸の痛みは怒りに変わっていた。

好物の甘酒もろくに喉《のど》を通らない。

「それをこれから突き止めるのです。まずは下谷《したや》の辰平《たつぺい》のところへ行ってみようと思います」

「下谷の辰平さんとは？」

「大晦日の瓦版に理与殿の話を書き続けている瓦版屋です。それがしは何か知っていると睨《にら》んでいるんです」

下谷の辰平は五十路を過ぎた老爺《ろうや》で、稼業をすでに倅《せがれ》に譲っているという。

姫と信二郎が、広くはないが庭付きの仕舞屋《しもたや》の前に立つと、ころころとよく肥えた嫁が、ぞろりと五人の子どもたちを従えて、応対に出てきて、

「お義父《と》っつぁんなら、朝から、近くの玉《たま》の湯《ゆ》に行ってますよ」

辰平の行き先を教えてくれた。

「それじゃあ、玉の湯へ行きましょう」

　歩き始めた信二郎に、

「玉の湯とは？」

　ゆめ姫は当惑顔である。

「砂糖湯でも飲ませるところでしょうか？」

「まさか」

　信二郎はぷっと吹きだした。

「ゆめ殿はきっと箱入り中の箱入り娘なのですね。それなら、湯屋を知らずとも仕方がないでしょう」

　——湯屋——もしかして、慶斉様が焦がれていた場所？　でもどんなところかまでは見当もつかない——

「湯屋？　ますますわからなくなりました」

　姫は玉の湯や湯屋がいったい何だか早く知りたかった。

「町人の家の多くは風呂がないので、湯屋といわれる、たくさんの人が一度に入れる風呂へ、日々、金を払って、垢《あか》を落としに行くものなのです」

「まあ、大きな湯船があるのですね」

　姫の顔がぱっと輝いた。

　——一度でいいから、大きな湯船に入ってみたい。どんなにか、気持ちがいいだろう

「それで、辰平さんという人は、ずっとその湯船に浸《つ》かっているのですね」

――何て、羨《うらや》ましい――

「湯に浸かってばかりでは、じきにのぼせてしまいます。湯屋の二階には、碁や将棋を打てる、ちょっとした遊び場があるのですよ。そこでは、茶や菓子ももとめることができて、商店のご隠居などが集っているのです。遊びに飽きると湯に浸かり、また遊ぶ――なかなか優雅な溜《た》まり場です」

――父上が聞いたら、お城の庭に湯屋なるものを造らせるかもしれない――

ゆめ姫は自然と笑いが込み上げてきた。

玉の湯に着き、主に辰平のことを訊くと、

「あの辰平さんなら、今、得意の落とし噺《ばなし》をしているところだよ」

男湯の二階へと続く階段を指し示した。

「男ばかりのところですから、あなたはここで待っていてください。辰平を呼んできますから」

信二郎が言うと、

「はい」

素直に返事をしたものの、姫は信二郎の後にそっと続いた。階段を途中まで上ると、

「骨が最後にこう呟いた。それでも、わたくしは後悔しておりません。佐平次、わたくし

はあなたが真底、恋しゅうございました」

という声が聞こえてきた。どうやら理与の骸が見つかった顚末《てんまつ》のようである。思わず、背伸びをして座敷を覗くと、片肌脱ぎの男や浴衣姿の男たちと、座布団を重ねた俄作りの高座に、赤ら顔の小柄な老爺が扇子を手にして座っているのが目に入った。

「佐平次というのは、理与殿を連れ去ったか、手に手を取って逃げたとされていた、あの頃、江戸を騒がせた盗賊つむじ風の頭の名でしたね」

目を伏せたまま姫が念を押すと、信二郎の目は姫がそこにいることに驚いていたが、頷いた。

噺は喝采《かっさい》のうちに終わり、座布団を下りた辰平は、

「いかがです」

信二郎が差し出した湯呑みの茶を、

「こりゃあ、有り難い」

ぐいと飲み干した。

「なかなかの名調子でしたよ」

信二郎の褒め言葉に、

「冗談言っちゃあいけねえよ、市村亭《いちむらてい》には通ってるから知っているよ。時折、高座に上ってる玄人《くろうと》のあんたなんざに世辞など言われると、耳がこそばゆくてなんねえ。いってえ俺に何の用でえ？　それに後ろの方でごちょごちょ言ってる娘は誰でえ？　新入りの女中か

い？　その割にはいい物を着てるな」

決まり悪さのあまり、俯《うつむ》いた姫に向かって、辰平は小さな顔に不釣り合いな大きな目をぎょろりと剝《む》いた。

「俺は元は瓦版屋だからね、長い間、瓦版の重い束を手にして、売り込みながら、いつこいつが軽くなるのか、誰が買ってくれそうかって、人だかりに目配りしてきた。だから、目配りには慣れてるんだよ。女中でなかったら誰なんでえ。町与力の旦那《だんな》の知り合いかい？」

「わたしは時沢の理与殿の遠戚の者です」

姫の言葉に座敷中がざわついた。

「ご明察、恐れ入った。しかし、ここでは何だから、外で――」

あわてた信二郎は、姫と辰平を促して玉の湯を出て、近くの茶店に入った。

話を聞き終わった辰平は、

「ふーん」

大きくため息をついて、

「二十年も過ぎてるんだぜ。理与さんの親戚だからって、忙しい町与力の旦那を煩わせちゃいけねえな。下手人を捕まえられると本気で思ってんのかい？」

人差し指をこめかみのあたりでくるくると回して呆《あき》れた。信二郎は一瞬、たじろいだが、

「思っています」

断固、姫は退《ひ》かなかった。

「そうしてさしあげなければ、理与殿が成仏できませんから。どうか、お力をお貸しください」

「俺に何ができるってえのかい？」

辰平は首をかしげた。

「何でもいいんだ。理与殿について知っていることを話してほしい」

信二郎は頼んだ。

「評判の美人だったよ」

「鯰神の騒ぎの時、盗賊に掠われたという話の出処《でどころ》は？」

「あれは根も葉もないことさ。あれだけの美人がいなくなると、他人《ひと》はどうしたのかと興味を持つ。これは金になると思ったんで、尾ひれをつけて書いたんだ。これが受けてね、さらにまた尾ひれをつけた」

「理与殿を知っていたのですね？」

「ご亭主があんなだろう？　金に困って奉公人にも暇を出してたもんだから、理与さんは自分で酒屋にご亭主の酒を買いに行ってた。内職の縫い物を届ける姿も見た。いつも洗い晒《ざら》しを着ていたが、観音様みてえに後光が射《さ》してた。大奥までは知らねえが、あんな綺麗《きれい》な女は、花魁《おいらん》にもいねえんじゃないかと思ったほどだ」

「話をしたことは？」

「一度だけ。酒屋でだ。酒屋の親爺《おやじ》がつけが溜まっていると渋い顔をして、酒を売らねえと理与さんに断った。すごすご帰ろうとする姿が可哀想《かわいそう》で、俺の酒を分けてやると、理与さんは、さめざめと泣いて、〝お米もお味噌《みそ》も、もう売ってもらえなくなりました。このままでは育ち盛りの子どもが何とも不憫《ふびん》です。何か、わたしで務まる仕事はご存じないでしょうか〟とすがられた。それで、口入屋の松代屋《まつしろや》のところへ連れて行った。それから先のことはちょっと――。ここらで、勘弁してくれ、俺だって親切でしたことなんだから――」

辰平は口籠《くちご》もった。

茶店を出ると、

「理与殿の縁者を名乗るとは、ゆめ殿には参りました」

信二郎が苦笑すると、

「先ほどの信二郎様のやり方を真似ました」

姫はくすりと笑い、

「ところで口入屋さんというのは、どのような商いなのでしょうか」

すぐに訊いた。

「物を売り買いする代わりに、人足、中間《ちゅうげん》など広く、仕事を斡旋《あっせん》する店です」

「理与殿はそこで仕事を見つけてもらえたわけですね」

「それはそうですが――」

信二郎は言いにくそうに、

「米や味噌、酒は買えるようになったとしても、後で悔やんだかもしれません。女の仕事は限られていますから」

「もしかして、それは――」

姫の顔が翳《かげ》った。

「吉原以外にも女が糊口《ここう》を凌《しの》ぐことのできる場所は幾らでもあるのです。特に理与殿のような美人となると引く手あまたで――」

――理与殿は女の大事なものを売っていたのかもしれない――

「そのことと、殺されたこととは関わりがあるのでは？」

ゆめ姫の言葉に信二郎は頷いた。

「手がかりがあるとしたら、口入屋の松代屋でしょう。今日はもう遅い。明日、松代屋を訪ねてみましょう」

五

池本家に戻った姫は、浮かぬ顔で、

「お疲れになったのですよ」

亀乃はねぎらったが、

「女子というものが、これほど辛いものだとは知りませんでした」

ぽつりと呟いた。

この夜、ゆめ姫は床に就く前、

──生母上様──

あの世の生母、お菊の方に話しかけた。

──生母上、自分の力で彷徨える霊を必ず光へと導けると思っておりましたのは、わらわの浅はかな思い上がりでした。この世には、同じ女子として、わらわが想像もできないほど辛い想いをされておられる方がおいでなのです。そんなお方の想いにどう応えていいものか──

眠りに入って、しばらくすると、

〝時が来ました〟

耳元で亡き生母の声が聞こえた。

〝はい〟

起き上がってみると、そこはもう姫の部屋ではない。

床の間に、白い萩の花が描かれた掛け軸の見える、武家の客間であった。

〝いいですね〟

生母が手鏡を渡してくれた。

お菊の方は丸髷《まるまげ》を結って、すっかり武家の奥方の姿になっている。

ゆめ姫が身につけているのは白無垢《しろむく》で、

〝さあ〟

文金高島田の上にふんわりと載せられたのは、花嫁ならではの綿帽子であった。

――わらわがどうして、嫁ぐのかしら？――

不思議に思っていると、

〝綺麗ですよ、理与〟

お菊の方は目をしばたたかせた。

――わかった、生母上は理与殿の身に起きたことを、なりかわったわらわにわからせようとしているのだわ――

〝今、父上がおいでになります〟

ほどなく、紋付き袴《はかま》姿の父将軍が現れた。

――あら、父上までも。白髪もまだまばらでお若い頃だわ――

〝いささか見苦しいがまだ間に合わぬこともない。理与、本当によいのか〟

父将軍は理与の父として念を押した。

〝嫁ぎ先はあの時沢の家なのだぞ。時沢といえば長く小普請組におるのだ。旗本とは名ばかりの貧窮ぶり。そなたの苦労は目に見えている〟

〝いいえ〟

理与は凛とした声で首を横に振った。

〝わたくしは幼い時から、一之進様の妻になると決めておりました〟

〝返す返すも、一之進とそなたが幼馴染《おさななじ》みであったのが悔やまれる。そなたは美しいだけではなく、画才もあって、それゆえ縁談が降るほど持ち込まれていたというのに――。当主が画《え》を好きだという、大身《たいしん》からも似たような申し出があった。伴侶《はんりょ》と趣味が同じで、暮らしに困らぬ日々は、さぞかし楽しかろう。一之進など、多少剣の筋がいいだけの男だ〟

〝それでも、わたくしは一之進様以外の方には、決して嫁ぎたくないのです〟

〝あなた、もう、お止《よ》しになってください〟

お菊の方が父将軍を制した。

〝あなたが駄目だとおっしゃった時、理与が懐剣で喉を突いて、死のうとしたことをお忘れではありますまい。理与はこの先いかなることがあろうと、夫と定めた一之進様と共に生きるのが幸せなのでございますよ〟

〝そうか――そうだったな〟

父将軍は目を潤ませて、

〝それにしても綺麗だ、理与。三国一の花嫁だ。誇りに思うぞ〟

〝父上、母上、長い間お世話になりました〟

三つ指を突いた理与の姿のゆめ姫は、深く頭を垂れ、

――嫁ぐ理与殿を思いやる、ご両親の切ないお気持ち、一途《いちず》に一之進様についていこうとする、理与殿の決意のほどもよくわかる――

知らずと涙していた。
〝でかしたぞ〟
次に聞こえたのは信二郎の声であった。
——どうして、信二郎様が？——
起き上がって、どうしたのかと訊ねるつもりだったが、
〝あなた——〟
理与の姿の姫は伏したまま、相手におだやかな笑みを送っていた。
——信二郎様が一之進様の姿で——
〝大きな男の子だ、琢馬と名づけた〟
一之進の信二郎はうれしくてならない様子であった。
——理与殿はお子を産んだのだわ——
〝琢馬、よい名ですね〟
この時、琢馬が乳を欲しがって泣いた。
〝まあまあ、大変。あなた、琢馬をここへ〟
理与のゆめ姫は一之進を促した。
泣き叫んでいる赤子の頰《ほお》を、指で撫《な》でると温かく柔らかい。
——なんって可愛《かわい》らしく、愛《いと》おしいものなのかしら——
思わず、ため息が洩《も》れて、

〝母ですよ、あなたの母です〟

咄嗟《とっさ》にそう話しかけた姫は、いわく言い難い幸福感に包まれるのを感じた。

――乳をあげるにはどうしたら――

そう思い悩んだところで、がーんと耳のあたりに激痛が走った。

姫はもう理与の姿をしていない。

見ているだけの目になっていた。

〝理与、理与、すまぬ〟

倒れている理与のそばには、琢馬と思われる幼い子が恐怖に戦《おのの》いている。

〝琢馬〟

ひしと理与は子どもを抱きしめて、

〝あなた、お願いですから、この子にだけは酷いことをなさらないでください〟

――理与殿はもうこの頃から、子どもを庇《かば》って殴られていたのだわ。何とも痛ましい

〝こんな振る舞いをするつもりではなかった。ただ、俺にとって、ただ一つの取り柄もなくなってしまったのだと思うとたまらなくて――〟

一之進の信二郎は右肩を押さえた。

〝あの時、野犬にさえ嚙まれなければ――〟

〝家に入ってきた野犬が、庭で遊んでいた琢馬に襲いかかった時、あなたは取り押さえよ

うとして噛まれたのです。あなたはわが子を助けたのです。誇りに思うべきです〟

〝たとえそうであっても――〟

一之進の信二郎は思うように上がらない右手を、無理やり回そうとして、ううっと呻《うめ》いた。

〝あなた――〟

駆け寄った理与を、

〝ええぃ、うるさい。そなたも琢馬も、もう、うんざりだ。酒だ、酒〟

〝そんなに召し上がってはお身体《からだ》に障ります〟

〝俺は我が身を犠牲にして息子を守った夫なんだぞ〟

〝感謝しております〟

〝ならば、口だけではなく酒だ。酒を飲んでいる時だけ、この腕のことを忘れられる〟

〝でも、お酒はもう家にありません。売ってもくれません。お酒だけではなく、お米もお味噌も底をついているのです〟

〝どんなことをしても、都合してこい。出来ないというのならこうする〟

一之進はそばにあった、理与の内職用の物差しを手にした。

無心な目を向けている琢馬に向かって振り上げる。

〝止《や》めて、止めてください〟

理与は琢馬を抱きかかえて蹲《うずくま》った。

一之進は、その背に向かって、

〝酒だ、酒だ、酒だ〟

狂ったように物差しを振り降ろし続けた。

見ていただけのはずなのに、ゆめ姫はしばらく、背中に火を点《つ》けられたかのような痛みを感じた。

しばらくすると、

〝理与、すまぬ、この通りだ〟

我にかえった一之進はがっくりと頭を垂れた。

〝いいんです。わたくしはどうなっても。この子を守ってくれたのは、ほかならないあなたなのですから。ただ、それだけで――〟

理与はさらにしっかりと我が子を抱きしめた。

――ようはこういうことの繰り返しだったのね。たしかにこれは、この世の地獄――

暗澹《あんたん》たる想いで姫は目を覚ますと、

「どうしました？」

案じている亀乃の顔があった。

六

「酷くうなされていましたが」

「聞いていただきたい話があります」

ゆめ姫は真剣な面持ちで夢で見た話をした。

「鬱憤《うっぷんば》晴らしで妻や子をいたぶる殿方は、少なくないと聞いています」

亀乃の顔が曇った。

「なかなか逃げ出せないものらしいですね」

「女は三界に家なしですから、嫁いだ家を出ては、まず生きてはいけません。夫婦《めおと》となると、相手への情も絡みますしね。それにゆめ殿のお話ですと、その父親は子どもを庇って右腕を痛め、自棄《やけ》になっていたようですから、満更、悪いところばかりではありません。妻としては、ただただ耐えるしかなかったのかもしれません」

池之端仲町《いけのはたなかちょう》にある口入屋松代屋の主、荘吉《しょうきち》も瓦版屋の辰平同様、楽隠居の身であった。松代屋の隣に建てられている、粋な造りの瀟洒《しょうしゃ》な仕舞屋で二人を迎えた、禿頭《とくとう》の荘吉は、理与についての話だとわかると、

「時沢様の奥様のことでございますか」

浮かべていた微笑《ほほえ》みを消した。

「骸で見つかったということは聞いております」

「辰平の話では、暮らしに困っていた理与殿をここに連れてきたとか――」

「たしかに連れてきました」

「仕事は斡旋したのか」

「はい」

「どんな仕事だ？」

信二郎の口はへの字に曲がって、詰問調になっている。

「あの方は増えていく借金を苦になさっていました。このままでは子どもに粥《かゆ》ばかり啜《すす》らせなければならないと。それで、すぐにまとまった金が欲しいと言われれば、言わずもがなの生業《なりわい》しかございません。ご覚悟いただくほかありませんでした」

「船饅頭《ふなまんじゅう》をやらせたというのか？」

「まあ、それに近いものでございました」

船饅頭とは屋根船へ出向いて客に春を売る女の仕事であったが、常に船に出向くものとは限らなかった。

「その昔、京のお公家様方は文に香を焚き込めて、相聞歌のやりとりをなさいました。武家の奥様たちには、その手の香のたしなみがおありです。あの当時、女遊びに飽きられたお大尽が、香席を設けて知り合い、武家の奥様たちとお楽しみになっていたのです。お大尽の皆様は奥様たちに礼儀正しく、そう辛い思いはさせなかったと思います。何より、奥様たちはこれで家計を助けることができたはずです」

――これで、伽羅を手にしていた時、向かいあっている男女が見えた理由がわかったわ。あれは香席だったのね――

ゆめ姫は得心がいった。

「その時、香席に連なっていた者たちは？」

信二郎は追及した。

「いつも、男が五人、女が五人の同数でした。今でも元気なのは一番年嵩《としかさ》だった質屋大蔵《おおくら》堂《どう》の乙兵衛《おとべえ》さんだけです。今年喜寿だと聞いています。女については、仕事が仕事だけに書いたものはすべて、隠居する時に燃やしてしまいました。申し上げるつもりはございません」

「わかりました。ありがとうございました」

姫は初めて口を開くと礼を言い、

「早速、大蔵堂の乙兵衛さんを訪ねてみましょう」

信二郎と共に松代屋を出て、浅草瓦町《かわらまち》の大蔵堂へと向かった。

驚いたことに乙兵衛は矍鑠《かくしゃく》として、店先で客の応対をしていた。

奉行所の与力だと名乗り、訊きたいことがあると、番頭に告げると、客間に通された。

入ってきた乙兵衛は、

「もしや、見つかった骨のことじゃないでしょうね」

見事に言い当てたが、その顔に松代屋のような翳りは見受けられなかった。

「そのことです」

「旗本の奥様を殺した下手人を探しておられるのですね」

「はい」

「でしたら、早く見つけてください。そうでないと、安右衛門《やすえもん》さんが浮かばれません」

「安右衛門さんとは？」

ゆめ姫は訊いた。

「三石屋《みついしや》の先代の安右衛門さんです。わたしたち香席の仲間の中で一番若く、三年前、五十半ばでしたが、心の臓の発作で亡くなりました」

三石屋は江戸で一、二を争う呉服問屋である。

「三石屋の主まで香席で女を買っていたのですか？」

信二郎の不快を露《あら》わにした言葉に、

「まあ、男というのは助平が生き甲斐でございますからね。今はそれほどでもないあなたも、三十路を越えればきっとおわかりになります」

乙兵衛はからからと笑って応えた。

「理与殿を殺した下手人を見つけなければ、安右衛門さんが浮かばれないということは、理与殿と安右衛門さんが好きあっていたからなのでしょうか」

姫の言葉に、

「どう見ても、そうでした」

乙兵衛はきっぱりと言った。

「しかし、所詮《しょせん》、理与殿にとって安右衛門は客の一人でしょう。安右衛門にとっても

——」

信二郎は首をかしげて、相手の言葉を待った。

「まあ、たいていはそうでございましょうね。あの当時、わたしもさまざまな香を楽しむように、数多くの奥様たちと枕《まくら》を共にいたしましたから。けれども、安右衛門さんだけは違ったのです」

「どのように?」

珍しく姫の口調が鋭かった。

「堅物で通ってきた安右衛門さんは、女遊びが面白くなってきたところでしたが、理与さんには一目惚《ひとめぼ》れでした。理与さんだけを買い続けたのです。もちろん、あのように美しい女《ひと》は滅多にいるものではございませんから、わたしたちも理与さんに執心しました。中には、斡旋してくる松代屋に掛け合って、理与さんの伽羅の値段を、法外に吊《つ》り上げようとする者もいました。これで安右衛門さんが躊躇すれば、他の者も機会に恵まれるかもしれないという算段です。松代屋は自分の儲《もう》けが増えるわけですから、喜んで吊り上げたのです」

「伽羅の値段?」

「言いそびれました。一通り、香を聞く遊びを終えると、男が気に入った女に伽羅の木片を渡すのです。これをわたしたちは伽羅札と呼んでいましたが。女が伽羅札を返して、商談成立です。伽羅の値段は相手の女によって違いました。安右衛門さんは法外な値になってもなお、伽羅札を理与さんに渡し続けたのです。理与さんもまた、安右衛門さんだけに返していました。そうそう、あの時の伽羅札、わたし、今も持っていますよ。たしか、米問屋の又二郎《またじろう》さんが、安右衛門さんを呼び出してやりあった時のものです」

「見せていただけますか」

乙兵衛は懐から守り袋を取り出すと、そっと伽羅の木片を引き抜いた。

「これでございます」

渡されたゆめ姫は目を閉じた。

茶屋の二階と思われる、粋な襖絵の見える畳の上に、三人の男が座っている。

〝いいですか、わたしがこうして段取りした以上、お二人とも野暮な振る舞いは止してもらいますよ〟

乙兵衛の声だった。

二十年前の乙兵衛は今とあまり変わらぬ白髪頭だったが、皺《しわ》のない顔は別人かと思われるほど若々しく、艶々《つやつや》している。

腕組みをして睨みあっている二人は、以前、姫が見た白昼夢に出てきていた。

若い方は、端整ですっきりした顔立ちの男前で安右衛門、もう一人が又二郎なのだろう、四十歳近くで、脂ぎった赤ら顔の上、でっぷり太っていた。

〝三石屋さん、もういい加減にした方がいい〟

又二郎は荒い物言いをした。

〝香席買いは遊びだよ。遊びには遊びの決まりがある。独り占めはやめてもらいたい〟

〝理与のことなら、ちゃんと決まり通り、松代屋の言い値を払っている〟

〝松代屋に値を上げさせたのはあたしだよ〟

〝知っています〟

〝知っていて、知らん顔で金を払い続けているんだな〟

〝ええ〟

安右衛門は固い顔で応えて、

〝これからもそのつもりでいます。それにわたしは伽羅札に金を払っていますが、理与を買ってはおりません。あんなにまで清らかな花を手折ることなどできはしません。わたしは理与と、しばし時を過ごしているだけで満足なんです。他の方々の助平心とは違います〟

〝馬鹿言っちゃあ、いけない〟

又二郎がいきり立った。

七

見かねた乙兵衛が、

〝相手は武家の妻女、あんたにだって、女房、子どもが居る。どうにかなることのできる縁じゃないんだ。こんなことを続けていたら、いずれ、あんたのお内儀さんやおとっつぁんの大旦那《おおだんな》の耳に入る。悪いことは言わない。あの女とのことは遊びと割り切って、あんたの伽羅札を、次はあの女に渡さないようにするんだ。そうしたら、四方八方万事丸く収まる〟

安右衛門を必死に諭したが、

〝ご心配はありがたい限りですが、わたしの気持ちは変わりません。わたしは皆さんの助平心から理与を守り抜くだけです〟

安右衛門は立ちあがり、部屋を出て行った。

残された又二郎も、

〝あの女と楽しめないなら、あたしは今ここで、この遊びを下りるよ〟

怒って、そう言い捨てると、懐から伽羅札の束を摑《つか》みだして、畳の上にぶちまけた。

その姿を見送った乙兵衛は、

〝二人とも若い――〟

呟いて、伽羅札を一つ摘んで、持っていた守り袋の中に差し入れた。

「ゆめ殿、いかがでしたか？」

信二郎の声が聞こえて、姫は目を開けた。

――理与殿への安右衛門さんの想いは真剣だったのだわ。でも、そうだとしたら――

「安右衛門さんには奥様やお子さんがおいでだったのでしょう？　そんな方が理与殿に一途になったとしたら――」

「一時は近松《ちかまつ》の人形浄瑠璃《じょうるり》のようになるんじゃないかと、わたしも案じました。ですから、理与さんが神隠しに遭ったと聞いて、もしや、思い詰めた二人が駆け落ちでもしたのではないかと思いました。ところがいなくなったのは理与さん一人でした。正直なところ、ほっとしました。これで安右衛門さんは道を踏み外さずに、大店の主として立派に生涯を全うできると思ったからです。それ以後の安右衛門さんは女遊びをぴたりと止め、家業一筋で、お内儀さんを泣かせることもありませんでした。よく出来た跡継ぎに身代を譲り、初孫の男の子の顔を見て、人生の幕を閉じたのです」

乙兵衛が感慨深く話した。

「安右衛門さんとその後のおつきあいは？」

「理与さんがいなくなってしまってから、ふっつりと途切れました。その後の消息は風の便りで聞いたのです」

「そうではないはずです。理与殿を殺した下手人がお縄にならなければ、安右衛門さんは浮かばれないと、あなたはおっしゃいました。これはいなくなった理与殿を、安右衛門さんが案じ続けていたことを、あなたがご存じだった証です」

ゆめ姫は急所を突いた。

「いやはや、まいりましたな。可愛いお顔に似合わぬ突っこみだ」

乙兵衛は白髪頭に手をやって、

「安右衛門さんに秘密にするように頼まれていましたが、亡くなってしまっておられることですし、もうよろしいでしょう。安右衛門さんは理与さんの息子さんのことが気がかりで、母親譲りの画才があるとわかると、松代屋に頼んで名を伏せ、何とか一人前の絵師になれるよう、後ろ盾になっていたのです。暮らしが立たないようでは、よい画が描けまいと言って、これまた、名を伏せて、河辺亮斎の画を毎月のように買い上げていました。毎年、大晦日に瓦版屋の辰平に、理与さんのことを書かせていたのも安右衛門さんでした。たとえ、会えなくてもいい、どうしているかだけでも知りたいと——」

「鯰神の騒動を覚えておいでてでしょうか？」

「理与さんがいなくなった大晦日のことですね」

「騒動に紛れて、安右衛門さんが理与殿に駆け落ちを迫ったというようなことは、考えられないでしょうか」

「それは——」

乙兵衛は言葉を濁した。

「理与殿の骸は伽羅札を握っていたのです」

さらなる追及に、乙兵衛はしょぼついた目だけで頷いた。

姫と信二郎の二人は、礼を言って大蔵堂を出た。

「理与殿と安右衛門が駆け落ちを考えていたとしたら、あの夜、時沢の家に入ってきていたのは、盗賊などではなく、安右衛門だったということになります」

信二郎は言い切った。

「そして、安右衛門さんが理与殿を手にかけたと?」

「一之進殿は息子を野良犬から守ろうとして腕を痛めたのです。悪いところの多い夫で、理与殿は恐れてはいたが、嫌ってはいなかった。安右衛門が駆け落ちを持ちかけても、乗らなかったのではないでしょうか。それでかっとなった安右衛門が理与殿を――」

「考えられることですね」

「そうでしょう」

信二郎は両手をぱんと鳴らした。

「罪の意識ゆえ、安右衛門は琢馬を河辺亮斎に出世させようとして、後ろ盾になったのです」

「けれども、毎年、大晦日に瓦版屋に理与殿のことを書かせた本当の理由は?」

「それは理与殿が死んでいることを隠すためです」

「人はすぐに忘れるものです。二十年もの間、隠す必要があったのでしょうか」

「それは――」

信二郎は返す言葉に詰まった。

「それに何より、安右衛門さんに殺されたのだとしたら、理与殿の霊が、この世の安右衛門さんに、順風満帆な生活を許すものでしょうか」

「そこを突かれると弱いのですが、息子の後ろ盾になってくれたことで、償いがされていると感じたのではないかと――」

「うがった考えかもしれません」

　姫は、

〝もう、止めて〟

　首を横に振っていた理与の霊を思い出していた。

「自分で言い出したことでしたが、よくよく考えると、そう、うがってもいないのです」

　信二郎は苦笑して、

「このあたりは、あなたのお得意なところだと思うのですが、自分を殺した安右衛門が死んだのなら、理与殿も後を追って、この世を彷徨うことを止めるんじゃないかと思うからです。一人息子も立派な絵師になって心残りはないはずですし――」

「そうでした」

　――わらわとしたことが、つい、うっかりしてしまったわ。理与殿がこの世にいるのは、何か目的があってのことですもの――

　この夜、姫は、

　――ここから先は夢が教えてくれるかもしれない――

　そう確信して床に就いた。

　庭に白と赤紫の萩が咲き乱れている。

〝こんなに沢山の萩の花を一度に見せていただけたのは初めて。どの萩の花の色も綺麗。でも、こんな立派なところで、画を描かせていただいてよろしいのでしょうか〟

理与のゆめ姫は絵筆を手にしていた。

〝あなたの喜ぶ顔が見たかったのです〟

そう答えたのは、安右衛門のはずだが、その顔は信二郎であった。

〝せめてもの御礼にお好きな萩の花を描かせていただきます。色をおっしゃってくださ い〟

〝それでは雪のように白い萩の花を。白い萩の花はあなたのようだから〟

〝まあ〟

理与のゆめ姫は頬を染めて、絵筆を動かしていく。

——あら、画は下手なはずなのに——

理与のゆめ姫が描いた白い萩の花は、今にも画から匂い立ちそうであった。

〝この間、話したこと、考えていただけましたか？〟

安右衛門の声は優しかった。

〝はい〟

理与の顔が幾分翳った。

〝どうやら、よいお返事はいただけないようですね〟

〝はい。でも〟

理与は懐紙に挟んだ伽羅札を手にした。

〝いつも、その必要はないとおっしゃって、伽羅札をお返しいただき、お話だけさせていただいておりました。ですから、今日だけはお別れの印に、これを受け取っていただこうと思っております〟

〝いいえ〟

安右衛門は首を横に振って、

〝いつも通り、その必要はありません。わたしはあなたの描いた、その白い萩さえ、いただければそれでよいのです。生涯、それをあなただと想います。冥途《めいど》にまで忘れずに持って行くつもりです〟

悲しげではあったが微笑んだ。

〝わたくしもこれだけは〟

理与は伽羅札を握りしめた。

次に、

〝理与、理与〟

一之進の荒々しい声が聞こえた。

ただし、一之進の声も顔も信二郎のものである。

〝何でございます？　琢馬もわたくしも支度はできております〟

盃を手にしている一之進は、酒臭かった。

〝あなた、発《た》たなければならないという時に、お酒など――〟

〝これは何だ〟

一之進は理与の行李《こうり》の蓋《ふた》を開けた。

〝この家では嗅いだことのない妙な匂いがしたんで、開けてみたらこのざまだ。巷《ちまた》の金持ち連中の間では、香席にことよせて、武家の女を弄ぶ遊びが流行《はや》っていると聞いている。この香木の木切れは伽羅札と言うのだとか——。おまえ、まさか、身を売っているわけではあるまいな〟

一之進は蒼白《そうはく》で眉を吊り上げている。伽羅札を手にして、ふっと吹いて畳に落とした。

〝誓ってございません〟

理与は歪《ゆが》んだ夫の顔を見据えた。

〝ならば、このところ、厨に米、味噌や醬油《しょうゆ》が揃《そろ》い、酒を催促すると、すぐに出てくるのはどうしてか？〟

〝それは——〟

理与はうつむいた。

〝答えられまい、きっと疚《やま》しいことがあるのだ〟

〝たしかに、殿方がおいでの香席にはまいりましたが、疚しい振る舞いはいたしておりません〟

〝この期に及んで、言い逃れようとするのか〟

〝本当にございます〟

〝信じられぬ〟

〝本当にございます〟
理与は繰り返した。
〝ええぃ、黙らぬか〟
〝黙りません〟
〝ならば、こうしてやる〟
一之進が飛び掛かってきた。
馬乗りになり、両手を首にかける。
〝あーなーたー〟
一之進から離れようとして、理与は右手を泳がせた。
〝やーめーて〟
腰から印籠をもぎ取ったものの、夫の力は強く逃れることはできない。
――このまま、わたくしは――
この時の理与の心が姫の胸中に被《かぶ》った。
――ならばせめて――
理与は最後の力を振り絞って、畳の上の伽羅札へと手を伸ばした。
目を覚ました姫は、萩の白い花が見える縁側に立った。
〝何もかも、おわかりになってしまったのですね〟

理与がひっそりと呟いた。

〝あなたが止めてほしいとおっしゃったのは、ご主人がなさったことを、暴いてほしくないということだったのですね〟

〝左様でございます。どれだけ時が過ぎようと罪は罪。お縄を受ける老いた夫の身が案じられました――〟

〝わたくし、夢は見なかったことにするつもりです〟

〝とおっしゃると、夫一之進はお咎めを受けないのでございますね〟

理与の声が明るく響いた。

〝ええ、もちろん。そうすれば、あなたを光の中へとお送りすることができますから〟

〝ありがとうございます。何と御礼を申し上げたらよろしいか――〟

〝御礼には及びません。それがわたくしの仕事でございますゆえ〟

姫がそう言い切ったとたん、白い萩の花の茂みの前に光が開けた。

理与は誘われるように、そこへ向かって歩いて行く。

ふと気がつくと、理与の着物の裾模様が、銀で縫い取りされた雪の結晶から、金の縁取りの白い萩の花に変わっていた。

――きっと、安右衛門さんがあの世で待っておいでなのだわ――

床に戻って、ゆめ姫は理与と安右衛門のこれからのことに思いを馳せているうちに、ふと気になったことがあった。

――夢の中での理与殿がわらわで、夫の一之進殿が信二郎様だったのはどうしてかしら？　わらわが添うのは慶斉様のはず。そのために、慶斉様が城中の仙人大銀杏のところでおっしゃった〝大人になられることを願って待っています〟というお言葉に従って、池本のじいの屋敷で研鑽《けんさん》を積んでいるというのにどうして？――

考えているうちに眠りに落ちた。

この日、夢を見ることはできなかったと、訪れた信二郎に告げると、

「それぐらいのことで、気を落とされるには及びません。そんなこともあろうかと、いつだったか、あなたにいただいた金鍔《きんつば》を買ってきました。あなたは金鍔が好物なのでしょう？　わたしも大好きなのです。さあ、母上や兄上もここへ呼んで皆で食べましょう」

信二郎は神妙な顔で、竹の包みを差し出した。

第四話　ゆめ姫は戦国武者に遭遇する

一

神無月《かんなづき》最初の亥《い》の日を玄猪《げんちょ》の祝いと言い、亥《い》の子餅《こもち》を亥の刻（午後十時頃）に食べて無病息災、子孫繁栄が祈られる。

――池本の叔母上様はぼた餅も作られているはずだわ――

亥の子餅は大豆、小豆、大角豆《ささげ》、胡麻《ごま》、栗《くり》、柿《かき》、糖《あめ》の七種の粉を合わせて作られるとされてはいたが、おおむね市中の人たちは、蒸した餅米を粒餡《つぶあん》でくるむぼた餅（牡丹餅《ぼたもち》）に舌鼓を打った。

生真面目な亀乃は、

「わが家では古式ゆかしき伝統の亥の子餅と、いつの頃からか、玄猪の日をぼた餅の日などとこじつけて、従来の亥の子餅に取って代わった、ぼた餅の両方を作るのです。殿様も総一郎も、小豆餡がたっぷりのぼた餅に目がなくて、お彼岸以外にも食べたいのです。信二郎だって、ゆめ殿、あなただってきっとそうですよ」

玄猪の日に二種の餅を作る理由を話してくれた。

——ああ、でも結局、叔母上様をお手伝いすることはできなかった。本格的な亥の子餅もぼた餅も食べ損ねたわ——

ため息をついたゆめ姫は大奥に呼び戻されていた。

大奥での玄猪の祝いは、嘉祥《かじょう》御祝儀などと同様、菓子が関《かか》わる行事の一つであった。

ただし、大奥での玄猪の祝いに用いられる菓子は、伝統の亥の子餅でもぼた餅でもなかった。

玄猪の日、御《み》台所《だいどころ》を筆頭に上位の息女、側室たちがそれぞれ位に応じて盛装して、鳥の子餅を大奥の女中たちに渡す。

この時の鳥の子餅は、蒸した新粉生地に砂糖を混ぜて作るすあまを、胡麻、白、赤、青、褐色に染め分けたものであった。

——あれにはもう食べ飽きているというのに——

猪《いのしし》は火伏せの神として知られる愛宕《あたご》神社の使いとされていたため、この後、囲炉裏《いろり》が開かれ、炉で鍋《なべ》を焼いて、火鉢に火が盛られる。

大手門前では大篝火《おおかがりび》が焚《た》かれる。

玄猪の祝いは、御台所に代わってお役目を果たすことの多いゆめ姫にとって、外すことのできない大きな行事であった。

——浦路の作戦勝ちね——

ゆめ姫は庭を見ていた。

広縁に臨んでいる庭の小さな池には、蓮《はす》の葉がゆらゆらと風に揺れている。

そこへよく跳び乗って遊んでいた蛙《かえる》たちの姿は今はもう無い。そろそろ冬眠の支度をしているのである。

——蛙たちも光と無縁な土の中での長い暮らしが始まるのね。わらわもここで、このまま——

玄猪の日を前にして大奥に呼び戻された姫にとって、時はなかなか過ぎてはくれなかった。

——玄猪の祝いのお役目を終えたら、池本の屋敷へ戻ることができるのかしら?——

末娘に甘い父将軍を説き伏せて、ゆめ姫は大奥から側用人《そばようにん》の池本方忠の屋敷に、行儀見習いというふれこみで長期滞在している。

——これほど心躍る経験はほかにあろうか——

ゆめ姫には母譲りの特別な力があり、死霊、生き霊の声に耳を貸したり、予知夢を見ることができる。

市中で起きた事件の調べに夢力を使って合力してもいる。

夢の中でゆめ姫は、ただ相手を見ていることもあったが、時に成り代わったりもする。

その際、相手が娘や女だった場合、夫や恋しい男はどれも信二郎の姿で出てきた。

——どうして、よりによって、あの信二郎様が成り代わったりするのかしら?——

謎《なぞ》であったが、刺激的でもある。

だが、それゆえに、池本家での暮らしや事件への関わりがなつかしくてならない。

――大奥での時の流れに身を任せていたら、退屈な余り、死んでしまいそう――

「もう町方の見聞は充分でございましょう。それになによりこの大奥には姫様が必要でございます」

大奥総取締役の浦路は知恵者であった。

自分や御台所は寄る年波に勝てないと洩《も》らして、毎月のようにある大奥の行事をゆめ姫に一任するという、姫を大奥に引き止める妙案を考えついたのである。

それで、姫は大奥から池本家へは戻れないのではないかと案じている。

「浦路様がお見えでございます」

ゆめ姫付きの中臈《ちゅうろう》である藤尾の声がして、浦路が部屋へと入ってきた。

「姫様、ご機嫌はいかがでございましょうか」

部屋の中ほどに座った浦路は目尻《めじり》に細波《さざなみ》のような皺《しわ》を寄せて機嫌よく笑っている。

部屋子の一人に、呉服屋が納めてきた着物の入った畳紙《たとうがみ》を掲げ持たせている。

「この通り元気にしております」

ゆめ姫は素っ気なく応《こた》えたい、苛《いら》ついた気分を隠して慇懃《いんぎん》に微笑した。

「それは結構でございますね。そろそろ玄猪の祝いも近うございます。また姫様に取り仕切っていただかなければなりません」

「御台様に代わって、玄猪の日を取り仕切らせていただくのは光栄ではございますが、わらわはこのところ――」

ゆめ姫は、両手を両頬《ほお》に当てて、

「少し肥えたような気がします。嫁入り前だというのに、これ以上肥えてしまっては恥ずかしい。慶斉様にも嫌われてしまいます。浦路、鳥の子餅に囲まれる玄猪の祝いの仕切りはわらわには酷です。どうか、今年は御台様にお願いしてください」

悲しげな顔を作って見せた。

父将軍の正室である御台所三津姫が餅菓子、特に鳥の子餅にもなるすあまに目がないことは衆知であった。

「嫌とはおっしゃらないでしょうが――」

浦路自身は嫌な顔をした。

「それではよろしくお願いいたします」

ゆめ姫はにっこりと笑って、

「ところでそれは何でしょう」

浦路の部屋子が掲げたままでいる包みに目をやった。

「そうそう」

浦路の顔に目尻の皺と笑みが戻った。

「姫様は昨年、嘉祥祝儀の際に納戸の整理を手伝ってくださいましたね」

「そういえばそうでした」

たしか嘉祥祝儀の時に使う、将軍家代々受け継がれてきた片木盆《へぎぼん》を探してのことだった。

「あの時、姫様は幾つもある納戸の整理が悪いのに呆《あき》れられて、これではご先祖の東照大権現様（徳川家康）に申し訳ないとおっしゃられ、幾つもある納戸を綺麗《きれい》に整理されたのですよ」

浦路はうれしそうに話した。

「ええ、まあ、そうでしたね」

実をいうと、整理が悪い、徹底して整理をしようと言いだしたのは他ならぬ浦路で、姫はただ頷《うなず》いただけであった。

「ご先祖様方が遺《のこ》されたお品は、鎧《よろい》や甲冑《かっちゅう》は申すに及ばず、書や画《え》、茶道具や花瓶、どれを取っても素晴らしいものばかりでしたが、簞笥《たんす》の着物の虫干しを見ておられた姫様は大権現様の〝梅花模様辻《つじ》ヶ花《はな》染小袖《こそで》〟を、たいそう気に入っておられるご様子でした」

「あの辻ヶ花染めは見事なものでしたからね」

辻ヶ花染めとは室町《むろまち》時代から安土《あづち》桃山《ももやま》時代、江戸初期にかけて流行した模様染めのことである。

絞り染めを基調として、描《か》き絵、摺《す》り絵、箔《はく》や刺繡《ししゅう》を併用している。

友禅《ゆうぜん》染めが普及するとまたたく間に廃《すた》れたが、描き絵一辺倒の友禅染めにはない独特の味わいがある。

「これを――」

そう言って浦路は部屋子に掲げさせていた包みを、畳の上に広げさせた。

浅葱《あさぎ》色の地に梅花模様の見事な辻ヶ花染めの打ち掛けである。

「大権現様のお形見を姫様が好まれるのは、これ以上はない、何にも勝る御先祖供養とわたくし、思わず涙してしまいました」

浦路は袖を目に当てて、涙を拭《ぬぐ》うふりをした。

「それでわたくし、どうしても姫様に大権現様縁の品を御身《おんみ》につけていただきたいと思いました。でも、まさか、大権現様のお形見を女物に縫い直すなどということは、恐れ多くてとてもできません。罰が当たります。そこで、大権現様のお召し物の模様と寸分違《たが》わぬようにと、大奥出入りの呉服屋を通じて、京の職人に染めさせたのです」

浦路はさらに強く片袖を両目に押しつけた。

「将軍家のお血筋である姫様こそ、ここ大奥の守り神であらせられます。これをお召しになって、大権現様の化身となられ、大奥においでいただきとうございます」

――浦路の作戦は見事だ――

ゆめ姫は苦い顔をする代わりに、

「見事な品をわらわのために誂《あつら》えてくれてありがとう」

やはりまた、にっこり笑って、

「けれども浦路、これは梅花の柄で春物です。これから冬に向かいますから、まだしばらく先ですよ」

　控えている藤尾に目配せして、着物を畳ませようとすると、

「それはなりません」

　浦路が鋭い声をあげた。

「まあ、なにゆえです。年が明けた来春になりましたら、着てみようと楽しみにしまっておくのがいけないのですか」

　姫は驚いて浦路を見つめた。

「たとえ姫様であろうと、大権現様縁の品を箪笥の肥やしにするのはよろしくありません」

「ですから、梅の花の時季には必ず着ると」

「箪笥にすぐにしまわれるのがよくないのです。せめて一月《ひとつき》は衣桁《いこう》にかけてながめ、大権現様を供養なさるのが正しいかと思います」

「一月──」

　これで玄猪の行事が終わっても、あと一月は大奥に留め置かれることになるのかと、ゆめ姫は観念した。

二

「わかりました。そのようにいたしましょう」

浦路が下がった後、姫は藤尾に命じて、梅花柄の辻ヶ花染めを衣桁にかけさせた。

「この絵柄、浦路様がおっしゃっていたように、本当に東照大権現様のお形見と寸分違わぬのでしょうか」

絵の好きな藤尾はしげしげと辻ヶ花の打ち掛けをながめている。

「浦路がそう言っているからには間違いないでしょう」

ゆめ姫は改めて衣桁の打ち掛けを見つめた。

「たしかに見事な美しさですね」

辻ヶ花染めの梅花柄には荘厳な美しさが溢《あふ》れていた。

「大権現様の御霊の偉大な力が伝わってくるような気がします」

「だとしたら姫様は今夜、夢で大権現様にお会いになるのでしょうか」

藤尾は興味津々である。

「さあ、それはどうかしら」

首をかしげたのは、これればかりは夢を見てみないとわからぬことだからである。

もっとも、できれば大権現様になど会いたくないとゆめ姫は思っていた。

大権現様のおっしゃるであろうことはだいたいわかっている。

徳川家のためになれ、守り神になれと浦路と同じことをおっしゃるに違いなかった。

そうなればもう、ゆめ姫は池本家へは戻れない。

大権現様の命に逆らうことなど、さしもの無手勝流な姫でも思いもつかぬことであった。

一方、

「大権現様にお会いになれるなんて羨《うらや》ましいですわ」

藤尾は暢気《のんき》に好奇心を募らせていた。

「絵姿では怖くて厳しそう——。お優しい方だとよろしいですね」

「狸爺《たぬきじじい》と言われたそうですから、一筋縄ではいかぬでしょう」

姫はますます憂鬱《ゆううつ》になりながら床に就いた。

うとうと、しばらくまどろむと、白い光が見えてきて目が覚めた。

これは夢の中で目が覚めただけなのだと、我と我が身に言いきかせつつ、ゆめ姫は夢枕《ゆめまくら》に立っている鎧と甲冑を着けた武士の方を見た。

——これが大権現様？——

ぱっと目に入った兜や鎧には金粉が塗られていた。

しかし、陣羽織には金糸の縫い取りさえ見当たらない。

——大権現様がこのような粗末な甲冑姿であらせられるわけがないけれど——

それでも家康ゆかりの辻ヶ花の絵柄が招き寄せた霊であるならば、当人のほかには考えられない。

そこでゆめ姫は、

〝ご先祖様、大権現様でございますか〟

恐る恐る相手に訊《き》いてみた。

兜を着けているせいではっきりは見えないが、涼しい目と引き締まった口元、やや尖《とが》った顎《あご》の持ち主である。

描かれてきた大権現様とは似ても似つかない。

〝もしかして、そなたはわしが見えるのか？〟

立っている鎧の男は言った。

低いが澄んだ声である。

〝ええ。わたくしには霊が見えるのです〟

答えた姫はさらに、

〝大権現様、ご先祖の家康様なのですね〟

念を押すと、

〝家康ごときが〝権現〟などとは空恐ろしい〟

そう凄《すご》んで相手は消えてしまった。

翌日、朝餉《あさげ》をすませたゆめ姫は祐筆《ゆうひつ》の花島を訪ねた。

書に長《た》けた花島の役目は、外部への進物に添える文書の代筆がほとんどであったが、五十歳を過ぎた老齢のなせる業で大奥の生き字引とも言われている。

「これはこれはゆめ姫様、よくおいでくださいました」

ちょうど閑《ひま》をもてあましていた花島は、姫の姿を見て目を細めた。

「また一段とお美しくなられましたね。亡きお菊の方様も草葉の陰でさぞかしお喜びでしょう」

老いている花島は涙脆《なみだもろ》かった。

「花島は大権現様を知っていますね」

「これは恐れ多いお言葉」

花島は畳の上に胸までつけて平たくなってしまった。

「ならば〝権現〟は知っていますか」

姫は昨夜現れた霊が、

──家康ごときが〝権現〟などとは空恐ろしい──

と言い捨てたことに拘《こだわ》っていた。

この時の霊は憤り、不機嫌この上ない様子だったからである。

すると花島は、

「そのお答えばかりはお許しを」

平たく這《は》いつくばったまま、ぶるぶると震えはじめた。

仕方なく部屋に戻ったゆめ姫は藤尾にこの話をした。

「そういえば、大奥へ入ったばかりの頃、わたくしも、浦路様に今の姫様がなさったような問いをして、ひどく叱《しか》られたことがございました」

「まあ、どうしてなのでしょう」

「浦路様のおっしゃるところによれば、権現様とお呼びできるのは家康様お一人だそうです。勝手に〝権現〟を名乗る者があったとしても、それは化かし狐《きつね》などの化け物にすぎないと——」

「そうだったのですね」

頷いたゆめ姫はその夜、再び夢で昨夜の武士に会った。

〝あなたが怒っていた理由《わけ》がやっとわかりました〟

〝権現は神でも仏でもある。人などではあり得ない〟

相手はきっぱりと言い切ったものの、

〝それでも家康が権現様と呼ばれているからには、今は家康の天下なのだな〟

口調に口惜《くや》しさを溢れさせた。

〝われらは負けたのだ〟

〝もしかして、あなたは関《せき》ヶ原《はら》で戦ったお方なのでは——〟

〝長束正家《なつかまさいえ》が家臣、馬廻《うままわ》り役篠田三郎右衛門《しのださぶろうえもん》と申す〟

〝関ヶ原の戦からもう二百年以上の時が過ぎているのです。わたくしは現治世の将軍の末の姫です〟

〝そんな馬鹿な——信じられない。それがしはただ、妻と生まれてきているはずの嫡男を探しているだけだというのに。妻が好んで着ていた梅花柄の辻ヶ花染めが頼りであった。しかし、そんなにも長く歳月が過ぎてしまったということは、それがし、もうとっくにこの世の者ではないのだな——〟

〝そのお姿から察して、戦いで命を落とされたのではないかと思われます。奥方様を探される前のことで、覚えておられることを話してください〟

〝覚えているのは馬に乗って出陣した朝のことだ。家来が朗報を伝えてきていた。留守にしている篠田の屋敷で、昨夜、妻が子を産んだという。心待ちにしていた嫡男であった。弾む心になって、これは何としても家康に勝って、功も名も上げたいと念じた。篠田家の先々を考えたのだ。できれば城持ちにまで出世したい。ひたすら、そう思いながら騎乗していた。曇った空を見上げると、突然、雲間から一筋の光がそれがしめがけて降り注いできた。よく見ると、それは神の使いなのか、白く綺麗な鳥だったのだ。とにかく、痛いほどまぶしい光だった。今でもその時見た光のせいか、時折、目が痛む〟

そう言って篠田三郎右衛門は左目を押さえた。

姫がはっと息を呑《の》んだのは、痛むと言って押さえた左目に、深々と白い矢が刺さって見えたからであった。

〝お目に矢が刺さっておられます〟

〝なに？　矢だと？〟

〝はい〟

姫の指摘に、

〝これか〟

三郎右衛門はぐいと左目に刺さっている白い矢を抜き取った。

〝神の鳥と見えたのはこの矢で、それがしはこれで命を断たれたのだな。おそらく妖術《ようじゅつ》を使う敵方の忍びの者などの仕業だろうが――〟

がくっと肩を落として、

〝こんな死に様では恩賞にほど遠かろう〟

そこでゆめ姫は石田《いしだ》三成《みつなり》を中心とする軍は家康を総大将とする軍に負けて、率いていた徳川家康が、征夷大将軍となって天下を平定した成り行きを話した。

聞き終わった三郎右衛門は、

〝それがしが嫡男の誕生に浮かれていたばかりに、わが殿の武運に翳《かげ》りをきたしてしまったにちがいない。申し訳がたたぬ。殿に何とお詫《わ》びしてよいか――〟

悲嘆に暮れ、さらに、

〝わが殿、長束正家様はどうされたのか〟

姫に詰め寄った。

〝わかりません〟

ゆめ姫の知る限りでは、長束という家名の大名も旗本もいなかった。

〝絶えてしまわれたのであろうか〟

三郎右衛門は寂しそうに呟《つぶや》いた。

その様子にたまらなくなった姫は、

〝どうされたのか、知る手だてはあります〟

〝調べて教えてくれるというのか〟

〝はい、必ず〟

〝かたじけない〟

三郎右衛門の姿は消え、朝の光の中で姫は目を覚ました。

三

その日、昼餉の膳《ぜん》が下げられると、ゆめ姫はそっと大奥を抜けて、御広敷にある側用人部屋の脇の小部屋の前に立った。

板戸の前で、

「わらわじゃ、ゆめじゃ」

囁《ささや》くように声をかけると、静かに板戸が開いた。

「お元気なご様子何よりでございます」

側用人の池本方忠は咄嗟《とっさ》に、にこやかな顔を作ったが、その目は笑っていなかった。

何を言いだすかわからないゆめ姫が相手では、油断大敵、緊張を解くわけにはいかないのであった。

今朝、ゆめ姫の文が届いて、会って内密に話がしたいと言ってきた時から、方忠は落ち着かない気分でいた。

落ち合う場所を報《しら》せたものの、昼餉は何を食べたのか、気がかりのあまり思い出せない。

――これはまた何か、必ず起きる――

年齢のせいか、どきどきと動悸《どうき》までしてきている。

「姫様は玄猪の祝いでお忙しいとばかり思っておりました。久々のお呼び出し、この池本、うれしくはございますが、何用かと気にかかっております」

――まあ、じいときたら相変わらず、惚《とぼ》けて――

姫が玄猪の祝いの仕切りを遠慮する旨は、すでに、浦路から聞いて知っているはずである。

「ここは浦路の香の匂《にお》いがしますね」

指摘されて方忠は、さらにどきっとした。

今、こうして、姫と向かい合っている側用人部屋の脇の小部屋は、側用人の方忠が大奥総取締役の浦路と、秘密裡《ひみつり》に話をする場所でもあったからである。

「案じなくてもよい。城を抜けだそうなどと企んではおらぬゆえ」

「そうであれば結構です」

方忠はほっと胸を撫《な》で下ろした。

「じいは歴史にくわしいですね」

「学者先生のようではございませんよ」

「関ヶ原の戦いについてなら、よく知《と》っているはずです」

「それはもう、大権現様が天下を獲られた、天下分け目の戦いでございますゆえ」

「それでは関ヶ原で三成側についた、長束正家という武将の名に聞き覚えはありますね」

「長束正家は近江水口《おうみみなくち》城の主《あるじ》で、関ヶ原で破れて居城に逃走するも、池田輝政《いけだてるまさ》様の追討を受け、弟の長束直吉《なおよし》ともども捕えられ、切腹。その首は三条河原《さんじょうがわら》に晒《さら》されましてございます。ご嫡男は姓を変えて、西国の藩に仕官が叶《かな》ったようです。戦ののちにお生まれになった若様は水口大徳寺《だいとくじ》の三世門跡となられました。これも正家の正室が徳川四天王の一人、本多忠勝《ほんだただかつ》様の御一族だったゆえのことでしょう」

「そうでしたか」

ゆめ姫は悲しそうに呟いた。

「姫様」

方忠はその様子が気になって、

「なにゆえに今、長束正家なのでございますか？」

訊かずにはいられなかった。

「二百年以上前、長束正家殿の家臣だったという人物に訊《たず》ねられているのです。主君長束正家殿が関ヶ原の戦以降どうなったかを――」

「姫様」

方忠は苦い顔でゆめ姫を見つめた。

「今、何とおっしゃいましたか。二百年前の長束の家臣とお会いになったと聞いたのは、この老いぼれの空耳でございましょうか」

「いいえ、本当にそう申したのですよ」

姫はさらりと言ってのけた。

「また、あの夢力でございますか？」

方忠はやれやれとため息をついた。

「ええ。夢で関ヶ原の戦いで討ち死にした方に会ったのです。名は篠田三郎右衛門とおっしゃいました。是非ともこの迷える霊を成仏させてさしあげたいのです」

「お心がけはしごくご立派です」

方忠は苦く笑った。

「篠田三郎右衛門という名が長束家の家伝書などで見つかるのではないでしょうか？」

「しかし、関ヶ原の頃は戦乱の世の中です。どこの武家も祐筆を置いて文書を綴らせるなどという、今のようなゆとりはなく、ひたすら戦いに明け暮れておりました。また、たとえ家系図、日記などの文書があったとしても、関ヶ原で生き残っていなければ、戦火とともにとっくに燃え尽きておりましょう。文書から篠田三郎右衛門を見つけることは、まず無理でございます」

その言葉にしょんぼりして、ゆめ姫は仕方なく引き下がった。

その夜、夢枕に立った篠田三郎右衛門は、主正家の最期と長束家の顚末《てんまつ》を聞くと、

〝さぞや無念であられただろう〟

ぽつりと言うと、

〝長束家と殿をお守りできなかったこの顚末、やはり、それがしの失態ゆえじゃ。それがしには武門の誉れがあった。長束家に篠田三郎右衛門ありと言われていたのだ。それがしさえ、白い矢を避《よ》けていればこんなことには――〟

声をあげて泣き出した。

おいおいと激しく泣くので兜を被《かぶ》った頭が揺れた。

その時、兜に何やら形が浮き上がってきた。家紋のようである。

〝花菱紋《はなびしもん》〟であった。

四つの花びらが見事な菱形を作っている。

〝それは長束家の家紋ですね〟

念を押すと篠田三郎右衛門は頷いて消えた。

この夜の夢はまだ続いた。

見慣れぬ場所ではあったが、そこが京菓子屋の仕事場だとはわかった。

餅米粉と白砂糖が練られ、木型で抜かれて唐落雁《とうらくがん》が作られている。

〝何だか――〟

若い女が木型から出来上がった紅白の落雁を抜いていた。

この店の内儀だろうか、女の前垂れは臨月と見られる大きなお腹《なか》でせりあがっている。

〝今日あたり生まれるような気がするの。この紅白の落雁は婚礼にと頼まれたものだけど、あたしたちにもおめでたいことがあるんじゃないかって――〟

〝そうかもしれないな〟

若い夫は優しい目を妻に向けた。

気のせいか、切れ長の目元が兜の武人、篠田三郎右衛門に似ている。

〝だって、この落雁は飛ぶような人気なのですもの、縁起を担ぎたくもなるわ〟

〝味にも自信はあるけれど、お客様方が喜んでくださるのはこの形だ〟

若い夫は落雁を手の平に乗せた。

〝四枚の花びらを集めて菱形にしている。この形が何とも美しい、典雅だと皆さん愛《め》でてくださる〟

〝あなたのご先祖様が守ってくださっているのよ〟

〝先祖がお武家だと威張ってみたところで、今は町人でただの菓子屋だよ〟

〝でも、あなたのご先祖様は、〝花菱〟の家紋の付いた花瓶を家宝と定めて、代々、大切に受け継いできたんでしょう〟

〝何でも武士だったご先祖は篠田三郎右衛門と言って、〝花菱〟の家紋入りの花瓶を殿様

から拝領したらしいが、くわしいことはわからない〞

〝こんなに〝花菱〞を模した落雁が売れるのですもの、篠田三郎右衛門というご先祖様と、花瓶を下すったお殿様によくよく感謝しなければならないわね〞

そう言って妻が神棚に向かって、

〝ありがとうございます〞

手を合わせて瞑目《めいもく》すると、篠田三郎右衛門の子孫だという菓子職人の夫もそれに倣《なら》った。

翌朝、目を覚ましたゆめ姫は、

――〝花菱〞の落雁で人気がある菓子屋を探せばよいのだわ――

江戸市中の名店にくわしく、菓子に目がない藤尾を呼んだ。

「藤尾、藤尾」

「わかりました」

藤尾は姫の願いを聞くと、すぐに宿下がりを願い出ることを決めた。

「姫様のご用と申せば、浦路様もお許しくださるものと思われます。ところで姫様、朝早く、使いの者がこれを」

藤尾は方忠からの文を差し出した。

文には折り入っての話があると書かれている。

――昨日のことかしら？　けれど、じいは何を気にしているのかしら――

言われた刻限に、姫は例の小部屋へとそっと出向いた。

そこには方忠だけではなく、浦路も一緒にゆめ姫を待っていた。

「池本殿から伺いましたが、敵と味方に分かれて死闘を繰り広げていた、関ヶ原の敵の幽霊の夢とは何とも不吉です。恨みを買って、姫様が取り憑《つ》かれてしまうのではないかと案じられてなりません」

「じい、長束正家と篠田三郎右衛門をつなぐ証《あかし》を見つけました。長束正家の家紋です。〝花菱〟ですね」

ゆめ姫は方忠に相づちをもとめたのだったが、

「これでもわたくし、お役目もあって、家紋には多少通じていると自負いたしております。花菱紋は空恐ろしい武田《たけだ》家のものだったような――」

浦路は身を震わせた。

武田信玄《しんげん》は織田信長《おだのぶなが》や豊臣秀吉《とよとみひでよし》同様、天下取りを目指して戦国を生きた名将の一人であり、草葉の陰では徳川の天下にもの申しているはずだった。

すると、方忠は首を横に振り、

「いや、武田家の家紋は、清和源氏義光《せいわげんじよしみつ》流で、一つの菱形が、四等分されて各々小さな菱形に割られている、四割菱ですぞ。花びらを集めた〝花菱〟は武田の裏紋の一つにすぎません。〝花菱〟はまごうことなき長束家の家紋です」

きっぱりと言い切った。

四

「わたくしでもくわしくは知らぬものを、ゆめ姫様がぴたりと夢に見て言い当てるとは、やはり姫様にはあるのです、常人にはない摩訶《まか》不思議なお力が――」

「しかし、浦路様、そのような恐ろしい成り行きが、姫様の御身《おんみ》に降りかかっていようとは――」

　見合わせた二人の顔は真っ青で、

「姫様」

　方忠と浦路は同時に切羽詰まった声を出した。

「どうしたのです、いったい――」

　姫は二人の真剣な顔を交互に見た。

「池本殿からどうぞ」

　浦路に促された方忠は、

「昨日、姫様から長束正家の家臣篠田三郎右衛門と夢の中で話をしたと伺って、すっかり仰天してしまいました。遥《はる》か昔の関ヶ原で果てた敵の幽霊と話ができるほど、姫様の夢力がお強いとは――。当初は姫様が、どこかで長束正家のことをお知りになって、このじいをからかっているに違いないと思い、長束正家について、何か書き記したものが紛れこんではいないかと、くまなく調べさせましたが、ございませんでした。思いあまって、浦路殿にご相談申し上げると、浦路殿はこう申されるではありませんか。〝姫様は以前、大奥で起きた奇妙な事件を解決したり、わたくしが罹《かか》った原因不明の病を、摩訶不思議なお力を発揮なさって、治してくださったことがある、関ヶ原の敵と話ができても不思議はない〟と――」

これ以上はないと思われるほど青ざめ、

「姫様のお力が三成側の霊を呼び寄せてしまったとは――わたくしは今後のことが案じられてなりません。相手は敵、徳川の世を恨んで姫様にどんな禍《わざわい》をもたらさないとも限らないのですから」

浦路はぞっと身震いした。

「姫様、浦路殿のお言葉をお聞きになりましたね。我々は今、姫様の御身に起きていることについて、すぐに策を講じなければならないのです」

「長束正家が家臣、篠田三郎右衛門殿は家族想《おも》いの優しい方です」

ゆめ姫は無邪気に妻の出産を喜んでいた篠田三郎右衛門を思い出していた。

「家族想いであると同時に、主君想いでもあったはずです」

方忠はゆめ姫に向けてぎょろりと大きく目を剝《む》いて、

「何度も申しあげますが、関ヶ原で三成側についた長束正家は、総大将だった大権現様にとって敵です。その家臣も敵です。となれば、徳川を仇敵《きゅうてき》と恨み続けてもおかしくはない、むしろ道理です。篠田三郎右衛門が、姫様の夢に現れて取り憑いたのは、徳川の血を引く者を通じて徳川の治世に禍を及ぼそうとしているに相違ありません」

悲愴《ひそう》な面持ちで言い切り、

「わたくし、調伏と祈禱《きとう》に長けた高僧にも訊いてみました。皆、そう申しております」

浦路はまだ震えている。

――調伏と祈禱がお役目の僧侶なら、きっとそのように決めつけるはずよ――

ゆめ姫は反撃したかったが、

「今までさまざまな困難に対処してまいりましたが、これほどゆゆしき事態に行き当たったことはございません」

気丈のはずの浦路が歯の根までがちがちと震わせていることに気づいて、ここは黙っていることにした。

一方、方忠は、

「それに何より、篠田三郎右衛門の主、長束正家は武芸にこそ秀でていませんでしたが、豊臣家の兵糧奉行を務めたこともある能吏でした。太閤《たいこう》殿下亡き後の豊臣家の台所事情にも通じていたはず。正家を処刑せず、徳川へ寝返らせていれば、淀《よど》殿が君臨していた豊臣家の兵糧など蓄えのほどがわかって、豊臣を滅ぼすまで十五年も待つことはなかったろうと、大権現様は常々、あの時の戦略を悔いておられたそうです。長束正家は命を賭《と》して徳川への恨みを貫いたことになるのです」

怯《おび》えた顔をしかめ、

「恐ろしい執念でございますね。いつかは石をもうがつ水のような執念――」

浦路の震えは止まらない。

「でも、じい、わらわは長束正家殿の霊に会ったわけではないのですよ」

ゆめ姫には方忠と浦路の考えが、行き過ぎているように思えてならない。

「されど主と家臣は一心同体にございましょう」

「まあ、そうなのでしょうが」

「武士に大事は忠義でございますゆえ」

方忠はにこりともせずに断じた。

さすがのゆめ姫も、そこまで言われると返す言葉がなかったが、気になったのは篠田三郎右衛門のことであった。

「そうなると、わらわが会った篠田三郎右衛門の霊はどうなるのですか」

「高僧を菩提寺《ぼだいじ》に呼んで、早急に除霊せねばなりません」

方忠は知らずと大声になった。

「除霊された篠田三郎右衛門はどうなるのですか」

「高僧の話では悪霊として除霊することになるので、この世ともあの世ともつかぬところに、身動きができぬよう封じ込めるのだそうです」

「そんなひどい仕打ち――」

思わずゆめ姫は悲鳴を上げかけた。

「それでは悪霊でなくとも、悪霊になってしまうではありませんか」

「姫様をお守りするためです。仕方ございません。それに、このことはすでに上様にお話ししてございます。上様もそれは大事ゆえ、くれぐれもよろしく頼むと仰せになっておられます」

方忠は珍しく、有無を言わせぬ物言いで締め括《くく》った。

沈んだ気持ちを引きずったまま部屋へ戻ると藤尾が待ちかねていた。

「姫様、菱形の花の落雁を売る店がわかりましてございます。御末の一人が七つ口で聞いてきたのです。その菓子屋の名は花菱屋《はなびしや》。日本橋横山町にあるそうです。たいした人気だとか——」

「まあ、よかった」

姫はぱっと顔を輝かせた。

これでやっと、あの世ともこの世ともつかない場所に追われる運命の三郎右衛門の霊を、子孫と引き合わせることができる。

「わたくしもほっといたしました。実は浦路様に願い出た宿下がりを、早急に姫様が菩提寺へ参られることになったから、供をするようにと、止められてしまっていたのです。それで、どうしたら姫様のおっしゃるその店を探し当てられるかと気を揉《も》んでおりました」

藤尾は胸を撫で下ろした。

「ありがとう」

礼を口にしたゆめ姫の顔が翳った。

菩提寺で姫を待ち受けているのは、高位の僧による除霊と思われる。

先に除霊が行われれば、三郎右衛門を花菱屋へ連れて行ってやることはもう出来ない。

「急にどうされました、姫様」

そこで、姫は三郎右衛門との経緯《いきさつ》と、方忠、浦路の思いもかけぬ動揺ぶりを話して聞かせた。

「もう少し早く、わたくしにお話しいただければ、池本様、浦路様にお話しになるのをお止めいたしましたのに」

「わらわは、ただ三郎右衛門を成仏させてやりたかっただけなのですよ」

「姫様のお気持ちはそれだけでも、相手が関ヶ原の敵方となると、それだけではすまなくなるものなのです」

「わらわとしたことが愚かでした」

「でも、まだ手だてはございます」

「ほんとうに？」

ゆめ姫は目を瞠《みは》った。

「上様にございます」

藤尾はさらりと答えた。

「でも父上はじいや浦路に任せると――」

「それは池本様や浦路様をおたてになる、表のお言葉にございましょう。姫様が必死に頼まれれば、また変わってくるというものです。このところ、上様は、夕餉の膳が調ったとお知らせするまで、お気に入りの町屋においでになります」

父将軍は城中に江戸市中の町屋を模した遊び場を持っていた。

若い時には数え切れないほどの側室を持って、何人もの子の父親となった将軍も、老境に入った今では、大奥に泊まることは少なくなってきている。

城中の遊び場には商家が立ち並び、側近の者たちが団子売りや甘酒屋などに扮して、将軍の目を楽しませている。

五

正月には、賑《にぎ》やかな神楽獅子《かぐらじし》や、浅草寺《せんそうじ》の境内で見られるような巧みな独楽《こま》回しまで登場した。もちろん、すべて側近たちの苦心の賜物《たまもの》ではあったが――。

「今の時期、上様が夢中になっておられるのは、城中では作ることのないぼた餅です。手ずから餅米を炊き、餡を煮るだけではなく、ぼた餅売りに扮して、お側《そば》の者たちに振る舞われるのだそうです。姫様がおいでになったら、たいそうお喜びになられるでしょう。今ならまだ、あそこにおいでになるはずです」

「わかりました。さっそく、今からお訪ねしてみましょう」

姫は草履を履き庭に下りると、庭を抜け、父将軍の遊び場へと向かった。

父将軍は〝城中茶屋〟と染め抜かれた日除《ひよ》けのれんを背に、菅笠《すげがさ》を被り、素足に草鞋《わらじ》を履いて、ぼた餅を並べた大きな岡持《おかもち》を手にしていた。

「ぼたん、ぼたん餅ぃ、ぼた餅ぃ――」

と掛け声をかけながら、意外にもよろけたりせず、すたすたと町屋の通り道を歩いている。

「ぼたん、ぼた餅ぃ」

ちなみにぼた餅を牡丹餅とも言うのは、炊いて俵型に握った餅米に小豆餡をまぶしたこの餅が、牡丹の花の咲く春の彼岸の頃に食されるからであった。

春のぼた餅は秋の彼岸の際にはおはぎと呼び名を変える。

「父上様」

ゆめ姫は声をかけた。

「おお、ゆめか」

振り返った将軍は愛娘を見てうれしそうに笑った。

紅葉模様の小袖の裾《すそ》をからげて、くつろげた胸元から黒い腹掛けをのぞかせている。

思わずぷっと姫は吹きだした。

「おかしいか」

父将軍は傷ついた少年の目になった。

「たしかにな。巷《ちまた》のぼた餅売りはきっと若い男に違いなかろう」

将軍はだぶついている腹のあたりを押さえた。

「町人の粋を気取ったつもりだったが」

「素敵ですよ」

「本当か」

「本当です。何より父上はまだまだお若いです」

「そうか、よかった」

ほっと息をついた将軍は、

「あの世のお菊が見ても褒めてくれるか」

不安そうに念を押した。

「ええ、もちろん」

「それは何よりじゃ」

将軍はずっと数え切れないほどの側室に囲まれてきたが、心から愛し愛された相手はゆめ姫の生母《はは》であるお菊の方一人であった。

「わしらは神様に妬《ねた》まれてしまった」

亡くなったお菊の方を思い出すたびに、将軍はたびたび周囲にそう洩らした。

目にはいつも涙の粒があった。

それゆえ、長じるにつれてお菊の方そっくりになるゆめ姫は、将軍が目の中に入れても痛くない、特別な存在なのである。

「ゆめ、いつ来てくれるのかと待っておったぞ。なかなか来ないので、このような遊びはくだらぬと嫌われたのかと僻《ひが》んでいたところだ」

「だって、父上、わらわは」

姫は浦路の言いつけで、ずっと大奥の行事一切を取り仕切る羽目になっていた話をした。

「亥の子餅配りか。豆や雑穀などの粉で作る亥の子餅は、古くから伝わる有り難いものだが、美味《うま》くはないのう。浦路が届けてくる鳥の子餅にも飽きたし――」

将軍はつい本音を口にした。

大奥では玄猪の祝いに鳥の子餅のすあまを配るが、登城した大名や旗本たちに下賜されるのは豆や胡麻、栗、柿等七種の粉で作られる、伝統の亥の子餅なのである。

「でも、やっと、何とか玄猪の祝いの仕切りを降りることができました」

「それで、美味いぼた餅を食す町人たちにあやかって、ここの玄猪の祝いに駆け付けてくれたということなのだな」

将軍は満足そうに頷いた。

「ついては父上、折り入ってお話ししたいことがあるのです」

「ちょうどよかった。わしもそなたに見せたいものがあるのだ」

将軍は下ろしていた岡持を指して、

「中のぼた餅は皆で分けて食べるように」

町人姿の家臣たちに笑顔を向け、

「ゆ、ゆめ、こっちじゃ」

ゆめ姫を茶屋の厨《くりや》へと連れて行った。

側近の者がついてこようとすると、

「しばらく人払いにする」

大きな声で命じた。

厨に入ると、

「これじゃ、これ」

長細い木箱と頭が平たく四角い木槌《きづち》に似たものを棚の上から取って見せた。

「何でございましょう」

「まあ、見ておれ」

将軍は得々とした顔で、

「よかった、よかった、寒天を煮溶かしておくよう命じておいて」

などと姫にはよくわからぬことを呟きながら、盥《たらい》の中から寒天の塊を切り出すと、木箱の中に入れ、木槌に似たものを使ってぐいと押し出した。

涼しげなギヤマンの器によそって、酢と醬油《しょうゆ》をかけて辛子を添える。

「これが心太《ところてん》。時季は外れているが、お菊の好物でな、教えてもらったとたん、わしも大好物になった。今でも思いつくと作ってみるが、お菊を思い出してたまらなくなることもある」

将軍は悲しそうにうつむいた。

「初めて見ましたけど、面白い」

ゆめ姫の目は木の箱と木槌に似たものに吸い寄せられている。

「そなたもやってみるか」

興味深々な様子で、ゆめ姫は将軍から渡された木槌に似たものを遣った。

「寒天の塊があっという間に心太になるなんて、まるで妖術みたい」

「これは天突き棒というのだ。お菊が市中から取り寄せたものだ」

「父上様だって、きっと、今のわたくしみたいに面白がって、夢中になられたんでしょう?」

「それはそうだ」

「だとしたら、また面白がってほしいと亡き生母上様は思っているはずです。ご自分のことで悲しんでいる父上様を見て、生母上様がお喜びになるなんて、とうてい思えませんもの」

「そうかもしれない」

「父上様、わらわにつき合って、今日は面白がってください」

そこで二人は盥にある寒天を残らず、天突き棒を遣って心太にした。

「これだけあれば、お側の方々だけではなく、浦路たちにも届けることができますね」

「今日は久々に楽しかった。そなたと一緒だとお菊が戻ってきてくれたような気がする」

一息ついたところで、姫は箸《はし》を探し出してきて、父将軍がギヤマンの器によそった心太を口にした。

「まあ、清々《すがすが》しい」

「見かけは葛切《くずき》りに似ていないこともないが、食してみると違う。葛切りが上品で典雅なら、こちらは粋であっさりしている。まるで江戸の町屋を渡る風のようだと、お菊は言っていたぞ」

「心太は江戸の町屋を渡る風、よい譬《たと》えですね」

相づちを打ったゆめ姫を、

「わしに話があったのではないかな」

将軍が促した。

「方忠よりわらわの話はお聞きでございましょう」

「そなたはお菊の娘だ。人が見えぬものを見ることができる。関ヶ原の怨霊《おんりょう》が夢枕に立ってもおかしくはあるまい」

「あれは怨霊ではありません」

姫は篠田三郎右衛門が二百年以上、梅花柄の辻ヶ花染めの着物だけを頼りに、妻子を捜し続けてきている話をした。

「わらわの夢に現れたのは、大権現様にあやかるようにと、浦路が気をきかせて、わらわのために誂えてくれた着物が、たまたま梅花柄の辻ヶ花染めで、三郎右衛門の妻が好んで

着ていたものと同じだったからです。ただそれだけのことなのです。自分が死んだことも
わからなかった三郎右衛門が、徳川に仇《あだ》する者であるわけがないのです」

「しかし、その者は主、長束正家がどうしたかと気にかけていたと聞いたぞ」

将軍の目から童心が消えた。

「主のことです。当然だと思います」

「そなたの夢に出てきた者も当初は妻子への思いだけだっただろう。だが、自分がすでに死んでいて関ヶ原の宿敵、徳川が天下を二百年以上治めてきたと聞かされるとどうかな、思いは変わるのではないか。その者は主の無残な最期を知って、怨霊になってしまったかもしれぬぞ」

将軍は諭すように言ったが、その表情は厳しかった。

もとより、御三卿《ごさんきょう》の血筋から将軍職に就いた人物だけあって、若き日の将軍は文武両道で知られていた。

漁色家で子宝が多すぎると、陰口を叩《たた》かれるようになったのは後日のことである。

今もこうして時折、往年の頭脳明晰《めいせき》ぶりが発揮される。

六

「それでは父上様は、方忠たちと同じお考えなのですか」

「わしは徳川家の安泰を願っている。将軍職は世継ぎ作りしかすることがなく退屈だが、

戦乱の悲惨さとは無縁で、江戸の町は賑わって美しく、まずは平穏な世だと思っているからだ。そのためにも、速やかにその者をそなたから除霊すべきだと思っている」

「そんなことをしたら、三郎右衛門はもう二度と子孫に会えなくなってしまいます。お願いです。除霊だけはおやめください」

ゆめ姫は必死で懇願した。

「確かに妻子の居所をもとめてさまよっている霊が、哀れでないこともない。けれども今や、怨霊となってしまっているかもしれないその霊を、見過ごすことなどできぬ。除霊はたぶん将心《しょうしん》という坊主が行うはずだ」

将軍はこほんと一つ咳《せき》をして、

「初代将心は大権現様が関ヶ原の後、老いの身の行く末を案じられながら、ひたすら豊臣家の滅亡を願って調伏させたという、奥羽の山深くの呪詛《じゅそ》僧の一人だった。代々その力は受け継がれてきているはずだが、万が一ということもある。取り憑いている相手が強い怨霊ならば、そなたの身が危なくなることも考えられる。除霊とはそういうものだ。心して除霊に臨め」

厳めしい顔と物言いで締め括った。

この話を姫から聞いた藤尾は、

「上様のおっしゃった、万が一の時というのが気にかかりますね」

「〝その場合はそなたがよきにはからうしかない〟とおっしゃったのは、わらわ流に三郎右衛門の霊を供養してもよいということかしら」

「そうだと思います。でも、池本様や上様が案じておられるように、その霊が怨霊となって力を蓄えているのならば、姫様ご自身が危ないのも確かです。わたくしも心配でなりません。供養の前に御身を守ることをお考えにならなければ――」

「わらわが三郎右衛門の霊に取り殺されるとでも？」

「昔から除霊で命を落とす者の話は伝えられております」

「親戚《しんせき》や知り合いにいましたか？」

「そんな近くにはおりませんが」

「わらわはあの三郎右衛門がそんなことをするとは考えられません」

ゆめ姫はきっぱりと言い切った後、

「よい案を思いつきました」

両手を打ち合わせた。

「何でございましょう？」

「除霊は将心という名の呪詛僧が行うと聞きました。将心の先手を打つのです」

「そんなこと、できるものでしょうか」

「除霊が始まったらすぐに、大権現様に出ていただくのです」

「大権現様をあの世からお連れすることなどできるのでしょうか」

「わらわがあの世の大権現様の代わりを務めるのですよ」

「そのような恐れ多いことを」

藤尾はぶるっと身震いして、

「ただでさえ大権現様は恐れ多いお方。そのお方の御霊を騙《かた》ったら罰が当たります」

「そうはいっても、除霊を止めさせる手だてはそれしかありませんよ」

「ええ、でも――」

「除霊で命を落とす者がいると藤尾は言いましたね。わらわがそうなってもよいのですか」

「いいえ、いいえ」

藤尾は何度も首を横に振り続けた。

「姫様のお命を守るためには何でもいたします」

「ありがとう」

姫はにっこりと笑って、

「それでは一つ頼まれてほしいことがあるのです」

藤尾の耳に口を寄せた。


それから三日後、菩提寺で除霊が行われることになった。

この日の朝、ゆめ姫と藤尾は乗物で城を出た。

追って方忠と浦路が菩提寺を訪れ、姫の除霊に立ち会うことになっている。

「これはこれは」

菩提寺の住職とは顔馴染《かおなじ》みであった。

ゆめ姫が城を抜け出し、方忠の家に逗留《とうりゅう》する時はいつも、ここの客間を利用して、姫から武家娘の姿になって長持《ながもち》に潜む手はずになっていた。この間、住職は長い経をあげ続けているのである。

「このたびは一大事でございますな」

客間に案内した老僧は一瞬、白い眉《まゆ》をしかめたが、

「けれども、昨夜からおいでになっている将心御坊にお任せになれば、大事はございません。なにぶん、将心御坊は調伏に優れたご家系。すぐに姫様は身も心も怨霊から解き放たれて、すがすがしい気分におなりでしょう」

柔和な顔に戻った。

「頼りにしております」

微笑《ほほえ》んだゆめ姫が茶器に手を伸ばすと、若い僧が甘納豆を運んできた。藤尾が用意した、住職への手土産の品であった。ここの住職はことのほか甘納豆が好物なのである。

ゆめ姫は、住職が満足そうに甘納豆を口にして、茶を啜《すす》っている様子をながめていた。歯が弱い住職がゆっくりと茶菓子を楽しんでいる。

ふと廊下に目を転じると、今まで姿の見えなかった藤尾が控えていた。

「申しわけございません。すっかり迷子になってしまいました」

藤尾は何度も頭を下げて詫びたが、住職が部屋から出て行くと、

「いろいろわかったことがございます」

部屋に入り、声をひそめて話し始めた。

「姫様の除霊をなさるという五代目将心様は、齢《よわい》六十にございます」

「ここの御住職様と同じぐらいですね」

年齢を重ねているからといって、調伏や祈禱にさしつかえがあるとは思えない。むしろ、経験を積んだ者の方が、効き目のある調伏や祈禱ができるのではないだろうか。

「供をしてきた若い僧たちから話を聞くことができました」

住職に好物の甘納豆を振る舞って茶の時間を長引かせている間に、将心について探るよう、藤尾に命じたのは姫であった。

「皆さん、甘納豆がお好きですね」

将心の供をしてきた者たちにも、甘納豆を振る舞うことを思いついたのは藤尾であった。

「奥羽の山中から出ておいでとばかり思っておりましたが、それは初代のことで、豊臣家呪詛の功により、八王子に将心寺というたいそう立派な寺を賜り、継承してきたのだと聞きました」

「当然、調伏も継承してきたのでしょう」

「いいえ。豊臣が滅んで徳川の天下になった時、初代自ら、〝もう必要ない〟と、行き過

ぎる調伏を封じたそうです。調伏には三通りあって、よく知られているのは、人を呪い殺すことと悪霊退治です。このほかにも、自身の心と身体《からだ》の調和をはかるための調伏もあり、将心寺で受け継がれてきた調伏は、唯一、これだけだそうです。人を呪い殺すことができたり、悪霊を滅ぼすほどの調伏の力を持って、いつまでも呪詛僧などと言われ続けていると、いつか謀反に加担するにちがいないと、疑われかねないことを、初代は懸念したのだろうと、若い僧は申しておりました」

「ということはおいでいただいている将心様には、初代がなさったような酷《むご》い除霊は出来ないということなのですね」

「二代目将心様以降の方々が行うことのできる除霊は、取り憑かれている者の心を落ち着かせ、気を強めるだけのもののようです」

「よかった。これで、三郎右衛門はあの世ともこの世ともつかぬ場所に、閉じ込められずにすみます」

ゆめ姫はほっと胸を撫で下ろした。

「若い僧はそんな事情ゆえ、おいでになっている五代目将心様もお供の自分も、この任は大変荷が重いのだと不安そうでした。五代目将心様はこの日のために、蔵に眠っていた口伝書や、簞笥にしまいこまれていた除霊専用の緋色《ひいろ》の法衣を虫干しなさったりして——。そこでわたくしは、姫様と関わっている霊は夢に現れるのだから、夜を待って、姫様がおやすみになってから除霊をはじめてはと、お勧めしたのです。すぐにその僧は将心様に伝えに行きました。姫様のおっしゃる通りにいたしましたが、事はこちらが思ったように運びそうです」

藤尾は安堵のため息をついた。

この後、将心が若い僧を従えて挨拶《あいさつ》に訪れた。

「将心にございます。ゆめ姫様にはご機嫌麗しゅう――」

将心は緊張のあまり顔を強《こわ》ばらせていた。

「そなたが将心ですか」

姫は緋色の法衣を窮屈そうに着て、金色の袈裟《けさ》を纏《まと》った、目の前のころころと肥えた老僧を見つめた。

横に控えている鶴《つる》のように痩《や》せた、甘納豆好きの住職とは対照的であった。

法衣を着けず、緊張で表情が強ばってさえいなければ、草紙によく出てくる、美食と気儘《まま》が過ぎて肥えすぎているという、大店《おおだな》の隠居のようではないか。

「はい。姫様の除霊を務めさせていただく者にございます。身に余る栄誉かと――」

そう言いながら、将心は何度も額の汗を手で拭《ぬぐ》った。

「お世話になります。よろしく頼みます」

「ははあ」

将心は畳に頭をすりつけたままになった。

――これでは大権現様が出ていらして、除霊を止めさせるというのは、この将心のためにも好都合な成り行きになるわ――


辺りが夜の闇《やみ》に包まれると本堂に布団がのべられた。

若い僧が呼びに来て、ゆめ姫は藤尾に伴われて本堂に入った。

中は数知れない灯明が点《とも》され、昼間のように明るい。護摩が焚かれ、強い香草の香りで満ちている。

すでに方忠、浦路、住職の顔はある。

「ゆめ姫様、どうぞ、おやすみください」

将心の声は震えている。

頷いた姫は白無垢《しろむく》の寝間着姿で布団の上に横になった。

すぐに寝つけるはずなどなかったが、これは芝居である。ゆめ姫はすうすうと寝息を立てて、眠りに入ったように見せかけた。

「大権現、大権現――」

将心が調伏を始めた。

将心の前には、初代が遺したと思われる、悪霊退治のための口伝書を掲げて若い僧が立っている。

口伝書にある経文の前文を唱え続ける将心の声は、まだ震えている。震えながら繰り返されていく。

「大権現、大権現――」

藤尾が十回まで、この言葉を聞いたところで、

〝誰ぞ、わしを呼びおったな〟

布団の上の姫が跳ね起きて叫んだ。

男のしわがれた声であった。

――さすが、姫様。堂に入っていらっしゃる――

感心した藤尾は成り行きを見守ることにした。

七

立ち上がったゆめ姫は、すくみあがって声も出ない将心の方へと一歩、二歩と進み出た。

その目は眠っている時のように閉じたままである。

「うるさく、あの世からわしを呼んだのはおまえか」

大きくはないが凄みのある声であった。

「将心と申します」

「嘘《うそ》をつけ。わしの知っておる調伏に長けた将心は、おまえのようにぶくぶくと肥えてなどいないぞ」

「将心様、これこそ姫様に取り憑いている悪霊にございましょう。知っているという将心様は初代の将心様で、悪霊は関ヶ原以降ずっと、徳川に恨みを抱いてきた者にちがいあり

ません」

口伝書を広げていた若い僧が小声で呟いて、

「なれば、お続けにならなければ、姫様のお命が――。どうか、お続けください」

師を促した。

うんと頷いた将心は、

「大権現、大権現――」

ぶつぶつとまた、悪霊退治の前文を唱え始めた。

「うるさいと申したはずだぞ」

とうとう姫の大権現は大声を出した。

「わしは東照大権現だ」

方忠と浦路、住職の三人は息を呑んだ。

藤尾一人が、

――いよいよ名乗られたのね――

興味津々で身を乗り出した。

「大権現様」

将心は絶句して手にしていた水晶の数珠を取り落とすと、へなへなとその場に座りこんでしまった。

「将心様」

将心にかけよった若い僧は、

「しっかりなさってくださいませ。悪霊はこちらが逆らうことのできない相手、時には神にまで化けると申します。謀《たばか》られてはなりません」

姫の大権現を睨《にら》み据えた。

「わしを疑うのだな」

姫の大権現はふっと笑った。

「ならば、しかと証を見せてやろう。池本方忠、そちは知っておろう。今でこそそちはかしこまって側用人を務めておるが、元を正せば先祖は伊賀の忍びを生業としていた。今日あるのはわしに家臣に引き立ててもらい、密かにありとあらゆる諜報《ちょうほう》を集めるなど、関ヶ原で功を立てたからだ。先祖は本多忠勝の懐刀だったのだ。違うか」

聞いていた方忠の顔がみるみる青ざめた。

「違うか」

姫の大権現は繰り返し訊いた。

「おっしゃる通りにございます」

額から玉の汗を噴き出させながら、方忠は姫の大権現に向かって平伏した。

「池本の初代惟房《のぶふさ》が取り立てられた経緯は、初代惟房と大権現様しか知らぬこと、池本家でもそれについて書き記したものは一切なく、代々、主が死に際に語り遺す話です。ですから、ここにおられるのは、たしかに大権現様の御霊であらせられます」

この方忠の言葉に浦路や住職もならって頭《こうべ》を垂れ、震える手を板敷きの上についた。将心と若い僧もあわてて居住まいを正して平伏した。

気がつくと藤尾も深く頭を垂れていた。

——今、池本様は池本家代々の当主しか知らぬことを、姫の大権現様が言い当てたとおっしゃった。してみると、池本様しかご存じない話を、なぜ姫様がご存じだったのだろう。もしかしてこの大権現様は——

はじめて藤尾は身の震えを感じた。

「一つ、糺《ただ》さなければならぬことがある。皆の者、よく聞け」

姫の大権現は本堂にとどろき渡るような大声を出した。

「このゆめ姫は徳川の血を引く、徳川の守り神じゃ。たしかに徳川の天下を嫉《そね》む怨霊は数知れずおるであろう。だが、調伏や呪詛で、一時その者たちを封じ込めたところで、相手は死者の霊、葬り去ることはできない。封じ込められたことへの口惜しさを募らせて、力を蓄え、隙《すき》あらば縛めを破って、また、この徳川に禍をもたらそうとする。力まかせの除霊は得策ではない。となると、禍を根こそぎ取り除くには、この者たちを成仏させるしかないのだ。恨みを捨てねば成仏はできぬゆえ、成仏とともにわが徳川への恨みは消える。その役目をゆめ姫がかって出ようとしているのに、何でそなたたちは無意味な除霊など行おうとするのか」

聞いていた方忠は、

「もっともなお話にはございますが、初代将心様をはじめとする呪詛僧を集められて、豊臣家を調伏で滅ぼそうとしたのは、大権現様だったと聞いておりますが」

首をかしげた。

「その通りだ。だがな、命尽きてあの世とやらに行ってみてわかった。現世の闘いで勝ったからといって、油断はできぬのだ。武力や蓄え、陰謀術策さえも必要とせず、ただただ人への恨みだけで強さを増し、この世をさまよい続けて禍をもたらす怨霊ほど、手強いものはないと悟った。徳川を守るためには、ゆめ姫に一人でも多くの怨霊を供養させるのだ。よいな」

姫の大権現はおごそかに締め括った。

その後、たしかな足どりでのべてある布団まで戻ると横になった。

「姫様」

「ゆめ姫様」

藤尾と浦路が近寄ると、

「浦路、藤尾」

ぱっちりと目を開いたゆめ姫は、

「梅花柄の辻ヶ花染めの小袖をお召になった大権現様のお話を聞いている夢でした。恐れ多いことに、大権現様はこの姫の味方をしてくださいました」

頬を上気させている。

浦路は藤尾と顔を見合わせて頷くと、

「わたくしたちも姫様と一緒に、権現様の御霊にお会いしたのです」

ここで起きた一部始終を語り始めた。


この夜、菩提寺に泊まった姫の夢に三郎右衛門が現れた。

〝怨念でさまよい続ける長束の殿の御霊を捜しておりますが、今のところ、見当たりません。妻子とも殿とも出会えず、どうにも自分の気持ちの収まりがつかなくなっています。それがしは無為にさまよっているのではと、――このままさまよい続けて何になるのかと
も――〟

三郎右衛門は疲れ果てた声で言った。

〝いっそ怨霊となって、徳川の姫であるあなたに取り憑いて、祟《たた》ってやろうとも思いましたが、とてもできなかった。あなたは心根の優しいよい人だ。いろいろ教えてもらって世話にもなった〟

怨霊になることも考えたという三郎右衛門の言葉に、内心ぎくりとした姫だったが、そこは聞き流して、

〝あなたの奥方様、お子様の霊はとっくに成仏されていて、さまよってはおられないのでしょう。きっとあの世で幸せに過ごしておいでです〟

肝心な話をした。

〝たとえ妻子はそうだとしても、殿はそうではありますまい。必ずや怨霊となって徳川の世を呪っておいでだ〟

そこでゆめ姫は豊臣家の兵糧奉行だったこともある長束正家が、覚悟の自刃で果てた後、徳川が豊臣家を滅ぼすのに十五年もかかった話をした。

〝すると、あなたは殿は死をもって、徳川家康に報いたというのですね〟

〝ええ。武芸だけが戦略ではありませんから。正家殿は死して無念をこの世に残さず、晴れてあの世へ旅立たれたように思います〟

〝殿の御霊と出会って無念の情をお分けいただき、怨霊となることが叶わぬとなれば、いったい、それがしはどうしたらよいのか〟

三郎右衛門は頭を抱えた。

〝そもそも、あなたがさまよっていたのは、妻子を捜しておられたからですよね〟

〝そうだ〟

〝あの世の方々にお会わせすることはできませんが、あなたの血を引く子孫にならば会っていただくことはできます〟

〝真実《まこと》か〟

〝ええ〟

〝間違いないのであろうな〟

〝間違いありません。お会いになれば一目でおわかりになります〟

〝お願いする〟

〝それでは、しばらく、このままわらわのそばにいらしてください〟

八

翌朝早く目を覚ましたゆめ姫は、すぐに次の間で寝ていた藤尾を起こして、寺の方丈に泊まった方忠を呼びにやった。

方忠は浦路を伴って部屋に入ってきた。

朝の挨拶もそこそこに姫は乗物の手配を命じた。

「こんな早くに朝餉も召し上がらず、どこへお出かけです？」

方忠は苦い顔をしたが、

「大権現様の有り難い仰せに従うまでのことです」

きっぱりと姫は言い切った。

「しかし――」

なかなか首を縦に振らない方忠に、

「池本殿、これは大権現様のお告げによるものでございますよ」

意外なことに浦路が助太刀をしてくれた。

「大奥の決まりに上様のお言葉以上のものはございません。けれども、その上様のさらなる上におられるのが、あの世の大権現様であられます。この浦路、大権現様のお言葉、姫様のお口を通じて、昨夜、しかと賜りました。今後、霊や怨霊については姫様のよろしいようにされるのが、何よりと存じます」

「わかりました」

渋々折れた方忠が、葵《あおい》の紋所ではない池本家の乗物を用意させた。

空が白みはじめてほどなく、ゆめ姫は乗物に揺られて日本橋横山町へと向かった。

途中、駕籠《かご》の中で三郎右衛門の気配を感じた姫が、

〝おいでになっていてくれるのですね〟

話しかけると、

〝あなただけが頼りです〟

ぽつりと返してきた。

これが通りに人出が多い昼間であったなら、花菱屋の前に止まったたいそうな駕籠は目立ったことだろう。

しかし、今は早朝、そろそろ浅蜊《あさり》売りや納豆売りがやってくる頃ではあったが、人通りはなく、早起きの雀《すずめ》がちゅんちゅんと鳴いているだけであった。

ゆめ姫が乗物から下りたつと、隣にいる三郎右衛門の霊が見えた。

姫は店の裏手に回って仕事場の前に立った。

まだ店は閉まっているが、働き者の若夫婦が早くから起きだして、毎日、人気商品の落雁〝花菱〟作りに精を出していることは、夢で見て知っている。

――でも、起きて仕事に励んでいることを夢で見て知っているから、戸を開けてほしいとは言えやしないわ――

どうしたものかと、しばらく立ち尽くしていると、

「ここにご用ですか」

声がした方を向くと、身形《みなり》のいい旅姿の老人がにこにこと笑って立っていた。

「わては今、上方からついたばかりなんだす。いや、なに、花菱屋のぼんの遠縁の質屋だす。若旦那《わかだん》さんが江戸に行って店を出すのであんじょうお願いしますと、御寮《ごりょん》さんに借金を頼まれ、先祖が偉いお侍の家来で、拝領したという、花菱の紋所のついた花瓶をかたに用立てたんだす。ところが、花菱屋は大繁盛しよりましたが、御寮さんは若旦那さんの成功も知らずに、病で亡くなってもうて。一年ほど前のことだす。以来気になってまして。若旦那さんはわてに文を寄越して、おかぁはんが大事にしていた家宝だから、供養のためにも買い取りたいと言ってきなさりましたが、わては子どもが生まれると知って、祝いに贈ってやろうと考えたんだす。誰でも、お迎えが近づくと、多少は人に喜ばれることをしてみとうなりますもんなんだす。そいで、わては、もう隠居の身で気楽なもんどすから、こうしてはるばる上方から旅をしてきたんでございます」

花菱の花瓶と聞いて、三郎右衛門がごくりと生唾《なまつば》を飲み込んだのがわかった。

三郎右衛門はさぞかしその花瓶を見たいだろうと思っていると、

「まあ、そうでしたの。きっと見事な花瓶なのでしょうね」

自分の声ではない、太い男の声が出た。

「ごらんになりたい？」

上方から来たという質屋の隠居はふふふと含み笑った。

「それではあつかましすぎます」

これは自分の声だった。

「あつかましいなんて、おっしゃっちゃ、あんたさんのお仕事は務まらへんでしょうに」

ゆめ姫がえっ？　と返しかけると、

「わかってますよ。あんたさんは姫様に扮した女形でっしゃろ。店の前の駕籠も舞台のためのものに違いありまへん。ここへは今、江戸で大人気の花菱の落雁がどうやってでけるのか、見に来なさりになったんでっしゃろ。そうなると、来月あたりの舞台は菓子好きの姫様の話ですかな。何もかもが芸の肥やし、それが役者というもんだす。早起きして宿を出てきてよろしおした。早起きは三文の得とはよく言うたもんだす。普通は見ることのできない、江戸の女形と話をすることがでけたんですから。いやはや、聞きしに勝る美しさ、気品高さとはこのことだすな。お見せするのはほんのお礼の気持ちでございます」

歌舞伎《かぶき》好きらしい老人は、手にしていた風呂敷《ふろしき》の包みを解いて、木箱の中から花菱の家紋の入った花瓶を出して見せた。

〝殿から拝領の御品、忘れもしない〟

三郎右衛門は感極まった声で呟いた。

〝形のあるまま、こうして、二百年以上、受け継がれてきたとは〟

「見事な御品ですね。花菱屋さんの御子孫が大事に受け継いできたからこそ、こうしてあるのですね。これは花菱屋さんの血脈がこれからも続いていくという、紛れもない証です」

〝う、ううう〟

三郎右衛門の口から嗚咽《おえつ》が洩れた。

「そうです。そうです。いい品ですから」

満足そうに頷いて、老人が花瓶を箱にしまっていると、

「おじさん、村田屋《むらたや》の市右衛門《いちえもん》さん」

声がかかって振り向くと、そこには夢で見た若夫婦の姿があった。

ただし妻の方は大きなお腹の代わりに赤子を胸に抱いている。

「この子を産んでしばらくは、仕事場へは来させないつもりだったんだが、こいつ、俺と一緒にいて、日に一度は型で花菱を抜かないと、ご先祖様に申し訳ないような気がするってきかないんだよ」

主は照れくさそうに言った後、

「それにしても、おじさん、わざわざ上方から届けてくれたとは」

花瓶を受け取った主は感激のあまり言葉に詰まったが、市右衛門の方は、さっき姫に話したのとほぼ同じ話をよどみなく繰り返した。

おかげで二人はゆめ姫をすっかり女形だと信じ込んでしまい、一通り仕事場を案内して手順などを教えてくれた。

三郎右衛門は姫の口を借りて、

「見事な花菱形ですね」

「何と言っても花菱形なのですよ」

「花菱でなければいけません」

などと、太い声でうれしそうにはしゃぎ続けた。

「あさり――しーじーみーよぉーいっ」

浅蜊売りの声が遠くから聞こえてきて、土産にと用意してくれた、花菱形の落雁の詰まった菓子折を手にしたゆめ姫は、あわてて乗物に身体を押し込んだ。

「何だかいつになく晴れやかな気分だわ。何といっても赤子の名がうれしい」

花菱屋の主は、花菱の家紋の花瓶を拝領した先祖篠田三郎右衛門にちなんで、跡取り息子の名を三郎とつけていたのだ。

〝今まで聞こえなかった妻の声が聞こえる。たしかだ〟

三郎右衛門の声も感極まっている。

「おいでになりたいのでしょう」

そこで姫は、しばし乗物を止めるように命じた。

引き戸をわずかに開け、外を見ると、人気のない町外れで、白い靄《もや》の中に、梅花柄の辻ヶ花染めの小袖をつけて、髪を垂らした若い女がじっと立っていた。

靄の後ろに光の輪が見えた。

三郎右衛門に向かってうっすらと微笑んでいる。

〝あなた、あなたが見間違えるといけないと思って、お別れした時の様子でお迎えにまいりました〟

〝わが妻だ、まちがいない〟

「どうぞ、おいでなさいませ」

〝礼を申す〟

最後に三郎右衛門は姫に一礼した。

その直後、靄の後ろの光の輪が一筋の光の道になった。

三郎右衛門は妻に手を取られ、光の道を歩きはじめて、ほどなくすべてがあとかたもなく消えた。

乗物にはもう、三郎右衛門の気配はない。

「もう、よい」

姫は乗物を菩提寺に急がせた。

〝花菱屋〟の落雁は不思議な味がした。

ゆめ姫が一つ、また一つと口にするたびに、三郎と名づけられた赤子の笑顔が浮かんでくる。

〝この子にはすくすくと育ってほしい。どうかこれも、それがしへの供養と思うてくだされ〟

どこかから、三郎右衛門の声がほんの一瞬聞こえ、

〝あなた様は徳川の姫であるだけではなく、われらの苦しみを癒《いや》してくれる、癒し姫だったのですね。それがしはこうして救われましたが、この世には成仏できない、幸薄い霊がたくさんさまよっています。どうか、その者たちにも光と安息をお与えください〟

姫に向かって手を合わせるその姿が見えた。

「わかっております。力の限り、精進してまいります」

ゆめ姫は微笑んだ。

菩提寺から大奥へと戻ると、許婚《いいなずけ》の一橋慶斉から以下のような文が届いていた。

あなたのご活躍は風の便りで聞いております。いつか共に市井でお会いしたいものです。

慶斉

ゆめ姫様

これを読んだゆめ姫は心の中に春風が吹いた。

——慶斉様と自由な市中でお会いできれば、どんなに楽しいことか——

その一方、

——そうすれば、きっと、わらわの夢の相手は信二郎様ではなく、慶斉様に変わるはず、でも——

少しだけ、信二郎の出てくる夢も悪くないと思っているゆめ姫であった。

本書は、二〇〇七年九月～二〇一〇年一月の間に廣済堂出版より刊行された「余々姫夢見帖」全七巻から、タイトルを変更し、再構成した上で、全面改稿いたしました。

時代小説文庫
わ 1-36

神《かみ》かくし ゆめ姫事件帖《ひめじけんちょう》

著者　和《わ》田《だ》はつ子《こ》

2016年6月18日第一刷発行
2017年3月18日第三刷発行

発行者　角川春樹

発行所　株式会社 角川春樹事務所
〒102-0074 東京都千代田区九段南2-1-30 イタリア文化会館

電話　03(3263)5247[編集]　03(3263)5881[営業]

印刷・製本　中央精版印刷株式会社

フォーマット・デザイン&
シンボルマーク　芦澤泰偉

ISBN978-4-7584-4013-4 C0193
http://www.kadokawaharuki.co.jp/[営業]
fanmail@kadokawaharuki.co.jp[編集] ご意見・ご感想をお寄せください。

時代小説文庫

和田はつ子
あおば鰹《がつお》
料理人季蔵捕物控

書き下ろし

初鰹《はつがつお》で賑わっている日本橋・塩梅屋に、頭巾を被った上品な老爺がやってきた。先代に〝医者殺し〟（鰹のあら炊き）を食べさせてもらったと言う。常連さんとも顔馴染みになったある日、老爺が首を絞められて殺された。犯人は捕まったが、どうやら裏で糸をひいている者がいるらしい。季蔵は、先代から継いだ裏稼業〝隠れ者〟としての務めを果たそうとするが……（「あおば鰹」）。義理と人情の捕物帖シリーズ第三弾、ますます絶好調。

和田はつ子
お宝食積《くいつみ》
料理人季蔵捕物控

書き下ろし

日本橋にある一膳飯屋〝塩梅屋〟では、季蔵とおき玖が、お正月の飾り物である食積の準備に余念がなかった。食積は、あられの他、海の幸山の幸に、柏や裏白の葉を添えるのだ。そんなある日、季蔵を兄と慕う豪助から「近所に住む船宿の主人を殺した犯人を捕まえたい」と相談される。一方、塩梅屋の食積に添えた裏白の葉の間に、ご禁制の貝玉（真珠）が見つかった。一体誰が何の目的で、隠したのか!?　義理と人情の人気捕物帖シリーズ、第四弾。